Markus Orths

Ewig währt am längsten

Tante Ernas letzter Tanz

»Auf einmal spüre ich ein freudiges Glucksen, tief unten, im Magen: Tante Erna ist tot, lebt aber noch, und in ein paar Stunden werde ich nach langer Zeit endlich Sibille wiedersehen.«

»Nächster Halt: Niederkrüchten.«
Kaum ist Benno aus dem Bus gestiegen, spürt er wieder diese merkwürdige Heimatzähe. Hier bei seinen alten Eltern hat sich kaum etwas verändert. Auch die beste Freundin seiner Mutter, Klärchen, wohnt noch mit ihrer schlecht gelaunten Tante nebenan. Als Klärchen Benno wiedersieht, beklagt sie sich, wie selten ihre eigene Tochter sich zu Hause blicken lässt.
Und schon hat sie einen Plan gefasst: Sie ruft ihre Tochter Sibille an und behauptet, Tante Erna sei gestorben.
So ein Begräbnis ist ja eine große Sache.
Wer kann da schon Nein sagen …

Markus Orths wurde 1969 in Viersen am Niederrhein geboren. Er studierte Philosophie, Romanistik und Anglistik in Freiburg und lebt als freier Autor in Karlsruhe. Von ihm erschienen zahlreiche Bücher für Erwachsene und Kinder, zuletzt ›Picknick im Dunkeln‹ und ›Baddabamba‹. Seine Bücher sind in 18 Sprachen übersetzt und vielfach ausgezeichnet worden.
Markus Orths mag es nicht, wenn Literatur und Leben verwechselt werden. Aber es gibt eine Frau, die ihn zu Irma inspiriert hat: seine innig geliebte Großmutter Elisabeth Rosalie, die stundenlang erzählen konnte, ohne je zu langweilen.

Markus Orths

EWIG WÄHRT AM LÄNGSTEN

TANTE ERNAS LETZTER TANZ

Roman

dtv

FSC
www.fsc.org
MIX
Papier | Fördert gute Waldnutzung
FSC® C083411

Originalausgabe

Umschlaggestaltung: buxdesign/Ruth Botzenhardt
Umschlagmotiv: Automodell von Busch GmbH & Co. KG, Viernheim
Satz: C.H.Beck.Media.Solutions, Nördlingen
Gesetzt aus der DTL Documenta 10/14,75'
Druck und Bindung: CPI books GmbH, Leck
Printed in Germany · ISBN 978-3-423-29001-2

1

Dort steht sie. Ihr leuchtender Schopf ist unverkennbar. Seit etlichen Jahren gefärbt: ein matt-helles Henna. Ihre vom Wind zerzauste Dauerwelle wirkt wie ein oranger, fluffiger Blumenkohl. Dort steht sie. Dort steht Mutter. Sie trägt weder Handtasche noch Schirm, obwohl graue Wolken Regen ankündigen, nein, sie steht einfach da, in ihrem rundlichen, gemütlichen, achtzigjährigen Körper, blaue Stoffhose (»Keine Röcke! Das sieht mir zu sehr nach alter Frau aus!«), Birkenstock-Sandalen und vermutlich die karierte Lieblingsbluse unter der Jacke. Jetzt winkt sie, winkt dem Bus. Obwohl sie mich nicht sieht und gar nicht sicher sein kann, ob ich am Bahnhof den Bus überhaupt erwischt habe. Sie winkt, indem sie mit beiden Händen über ihrem Kopf fuchtelt, als sei sie in Seenot geraten. Oft habe ich ihr gesagt, dass sie mich nicht abholen muss: die paar Hundert Meter von der Haltestelle bis zum Haus. Doch sie lässt es sich nicht nehmen, sie freut sich zu sehr: Wenn sie meinen Bus auf sich zukommen sieht, dann gluckst es immer so schön, im Bauch, tief unten, sagt sie.

Ich hole Luft. Wenn ich aussteige, legt sich eine seltsame Heimatzähe auf Glieder und Stirn. Ich gehe Mutter entgegen. Jetzt sieht sie mich. Ihr Gesicht blitzt auf. Sie setzt sich in Bewegung. Ihr Trippeln, diese Schrittchen, das energische Schlenkern mit den Ellbogen. Ich breite die Hände aus wie Pastor Kasper am Altar. Wir nehmen uns in den Arm. Sie legt mir ihre Hand auf den Rücken, ich lege ihr meine Hand knapp unter den Nacken. Die Umarmung ist innig und flüchtig zugleich. Wir wissen wohl beide nicht genau, wie lange eine Umarmung zwischen Mutter und Sohn dauern sollte. Ich rieche eine Note Zitrone, als hätte sie für meinen Besuch nicht nur das Haus, sondern auch sich selbst von oben bis unten geschrubbt, mit ihrem Lieblingsmittel: *Zitroquick*. Sie tritt einen Schritt zurück und schaut mich an.

»Und? Wie is et?«, fragt sie.

In diesem *Wie is et?* liegt die ganze traurige Fröhlichkeit des Niederrheins. Das vernieselte Grau. Die hochgereckten Pappeln. Die schnurgeraden Flüsschen. Die im Morgendunst dampfenden Wiesen. Die vielen Seen, klitzeklein und hingekleckert.

»Und? Wie is et?«, fragt meine Mutter.

Und unsere immer gleiche Antwort ist nichts weiter als ein Laut, der dem Murmeln von gelangweilten Wiederkäuer-Kühen gleicht, die auf triefnassen Wiesen dumm glotzend vor sich hin mampfen, wir sagen: »Mhm.«

»Und? Wie is et?«, fragt sie.

»Mhm«, sage ich. »Und bei euch?«

»Mhm.«

»Alles beim Alten?«

»Mhm.«

»Wie schön.«

Sie hakt sich bei mir ein.

Wir gehen gemächlich.

Ich passe mich ihren Schritten an. Es ist, als wolle sie meine Heimkehr noch ein wenig hinauszögern. Wir biegen in unsere Straße ein. Ich lese das Schild: *Pannenmühle.* Mutter schmiegt sich leicht an mich, ihre Wange berührt meine Schulter. Noch hat sie mich nicht beim Namen genannt.

2

Als Erstes sehe ich das Klärchen: Mutters geliebte, Mutters allerbeste Freundin. Das Klärchen bewohnt die zweite Hälfte unseres Doppelhauses. Wenn meine Mutter rundlich ist, so ist das Klärchen fett. Dafür ist sie einen halben Kopf größer und hat breite Schultern. Sie trägt eine gestreifte Weste, Turnschuhe und, genau wie meine Mutter, stets Hosen. Die beiden verstehen sich blind, ihre Herzen schlagen auf selber Frequenz. Das Klärchen steht vor ihrer Haustür und wartet auf uns. Eine Umarmung scheitert an Klärchens Leibesfülle.

»Ach, dein Sohnemann!«, sagt das Klärchen. »Mal wieder im Lande?«

»Hallo, Klärchen!«, sage ich.

»Und?«, ruft sie. »Wie is et?«

»Mhm«, sage ich. »Alles beim Alten. Und bei dir?«

»Mhm.« Dann strafft sich ihr Körper und sie wendet sich an Mutter: »Na, Irma, da haste Glück, was? Das ganze Wochenende mit dem Herrn Sohn? Da freu ich mich für dich. Ich guck nachher mal vorbei!«

»Jetzt lass doch den Jungen erst mal ankommen«,

sagt meine Mutter und pfriemelt den Schlüssel ins Schloss der Haustür. Ich nicke dem Klärchen zu, und Mutter schiebt mich sanft hinein.

Diese dumpfe Dunkelheit: Mutter ist ein wenig lichtempfindlich, sie sitzt gern in schummrigen Räumen. »Sonne geht mir auf die Nerven!«, ist einer ihrer Lieblingssätze, und sie mag das Flackern der Kerzen. Jetzt dimmt sie das Licht auf.

Nichts verändert sich hier. Der rostrote Fransenläufer im Flur. Die schlecht angedübelte Garderobe, an die ich meine Jacke hänge. Rechts das Gästeklo. Links die Küche. Wir gehen geradeaus ins Wohnzimmer. Die quietschgrüne Couch. Der Röhrenfernseher. (»Der tut es noch!«) Die kleine Essecke. Das Buffet. Nach vorn die Glasfront zur Terrasse, die äußeren Flügel mit dichtem Vorhang behängt. Nur durch die Mitte blinzelt der Tag: Die Sonne hat sich hinter Wolken verzogen. Herein dringt graues Einerlei.

In der linken Ecke des Wohnzimmers gibt es eine besondere Tür. Öffnet man sie, führt sie in einen kleinen Hohlraum. Auf der anderen Seite des Hohlraums gibt es eine zweite Tür. Geht man auch dort hindurch, steht man direkt im Wohnzimmer vom Klärchen. Meine Mutter und Klärchen haben die Türen vor mehr als zwanzig Jahren in die Wände hauen lassen, nachdem ihre beiden Einzelkinder (Sibille und ich) ausgezogen waren: ein glatter Durchbruch zwischen den Doppelhaushälften. So können das Klärchen und Mutter bei der jeweils anderen nach Belieben ein und aus gehen. Fast wie in einer Wohngemeinschaft. Die Türen stehen meist offen. Auch jetzt. Mutter geht hin und schließt sie. Ganz sanft.

»Wo ist Papa?«, frage ich.

»Och, gestern war der Magolei bei uns. Dann haben die zwei wieder geredet, stundenlang. Am Schluss hat der Magolei seinen Schirm vergessen vor lauter lauter. Jetzt bringt der Papa dem Magolei gerade den Schirm zurück. Der müsste aber längst wieder da sein. Bestimmt sind die wieder am Palavern, die zwei, über Särge und Grabsteine und Vampire. Letztens erst hat Papa sich für den Magolei einen Spruch zurechtklamüsert, einen Werbespruch. Bestattungen Magolei: Bei uns liegen Sie richtig. Ach: Weißt du, wer gestorben ist?«

»Nein.«

»Der Danners, Karl.«

»Kenn ich den?«

»Klar kennst du den. Der wohnt da vorne direkt auf der Erkelenzer Straße. Da musstest du früher immer vorbeifahren, wenn du den … Wie hieß der noch mal? … besucht hast?«

»Nein«, sage ich. »Kenn ich nicht.«

»Doch, doch, der Danners! Der Danners, Josef! Das ist doch der Vater von dem Sohn! Der hat euch jedes Jahr zwanzig Mark gegeben! Beim Sternsingen! Und jetzt ist der aus dem Fenster gefallen. Beim Fensterputzen. Das stand gestern in der Zeitung. Er wurde plötzlich und unerwartet aus unserer Mitte gerissen. Schlimm ist das. Da denkt man im Augenblick noch: Mensch, so sauber waren die Scheiben schon lange nicht mehr, und im nächsten Augenblick fällt man raus und steht nicht mehr auf.«

3 Ich gehe die Treppe hoch, in mein Kinderzimmer. Es ist eine Zeitreise. Alles unberührt. Ich bin wieder Kind, dasselbe Bett, dieselben Möbel, sogar meine sieben Stofftiere liegen in Reih und Glied, scheinen zu quietschen vor Freude, als sie mich sehen. Ich nehme meinen Lieblingsbären und lasse ihn kurz brummen. Mein Kissen. Mein Kuschelkissen. Auf dessen Bezug sich damals, ich war vielleicht dreizehn oder vierzehn, diese verräterischen Flecken sammelten: vom nächtlichen Bespringen. Einmal war ich dabei, als meine Mutter die Bezüge wechselte, und plötzlich bemerkte ich selbst diese Flecken und mir wurde siedend heiß klar, dass der Ursprung dieser Flecken aus Mutters Sicht eindeutig sein musste, über dieses Thema hatten wir noch nicht gesprochen, und weil mir auf einmal alles so schrecklich peinlich war, was ich hier Nacht für Nacht vollführte, ging ich in die Offensive, und es platzte mir – ohne, dass ich darüber nachgedacht hätte – die beinah empörte Frage aus den Lippen: »Was sind denn das für Flecken, Mama!?« Mutter lächelte damals, strich mir über den Kopf, erlöste mich aus meiner Pein und sagte: »Och, das sind nur Schweißflecken. Vom Schlafen. Die krieg ich wieder raus! Mit Zitroquick, mein Junge.«

Ich werfe meinen Rucksack in die Ecke, setze mich auf den alten Drehstuhl und rolle einen Meter zurück und wieder vor. Die Räder quietschen. Im Regal steht mein grüner Ordner mit den Filmmusikkomponisten. Ich schlage ihn auf: ein minutiöses Verzeichnis, welcher Komponist in welchem Jahr die Musik zu welchem Film komponiert hat. Bei Ennio Morricone finden sich die meisten Einträge, gefolgt von Max Steiner, Victor Young und Maurice Jarre. Ich lege mich ins Bett und schaue zur Decke: Reste von verglühten, selbstleuchtenden Kindheitssternen. Ich stehe schnell wieder auf. Im Beklemmungsbett werde ich noch lange genug liegen müssen. Ich habe nur einmal gewagt, meine Mutter zu fragen, ob ich nicht lieber in einem Hotel übernachten soll. Sie hat danach eine Viertelstunde lang geschimpft: Wie ich denn auf so eine Idee kommen könne! Das sei doch viel zu teuer! Ob es dem gnädigen Herrn bei ihr etwa nicht mehr gut genug sei? Oder ob ihm das Essen der eigenen Mutter nicht mehr schmecke?

Auf das Dachfenster säuseln jetzt Regentropfen. Ich gehe hinunter. Es riecht nach Hefeknödeln mit

Vanillesoße. Bei jedem Besuch kocht Mutter Hefeknödel mit Vanillesoße, dazu gibt es eingelegte Pflaumen, bei jedem Besuch schmecken die Hefeknödel mit Vanillesoße ganz wunderbar, vor allem aber sind sie süß.

Obwohl ich bereits nach drei Hefeknödeln, einem halben Topf Vanillesoße und einem Schüsselchen Pflaumen pappsatt bin, esse ich noch den vierten und auch den fünften Hefeknödel, und meine Mutter setzt einen weiteren Topf mit Vanillesoße auf. Während des Essens ist sie ganz Mutter, fragt mich, wie es mir geht und was gerade ansteht, wie es in der Kneipe aussieht und ob ich das immer noch gern mache, an der Theke stehen, »in einem Wirtshaus«, aber sie fragt es nicht mit hochgezogener Augenbraue, sondern sie will es ehrlich wissen. Doch dann ist mir auf einmal schlecht von den fünf Knödeln, ich gehe ins Wohnzimmer und nehme mir einen Schnaps aus der Bar, einen selbst gebrannten Kirschschnaps, vom Nachbarn gegenüber: Willy Schmitz. Ich habe sofort den Kirschgeruch in der Nase und fühle meine verklebte rechte Handfläche: jene Spätsommernachmittage, an denen ich haufenweise Kirschen entsteinen durfte, draußen, mit einer am Tisch angeschraubten Entsteinungsmaschine aus Plastik, und die hellbraunen Steinchen, an die sich noch allerletzte, verzweifelte Fruchtfleischfetzen klammerten, ploppten in die weiße Schüssel, gerettet aber wurden die halb zerfledderten, ihres Innersten beraubten, entkernten, ausgehöhlten Kirschkörper, klebrig, süffig, zermanscht und im Saft ihrer eigenen Wunden seufzend.

Ich schaue nach draußen. Der niederrheinische Regen: hauchzarte, ziselierte Fäden. Als ich ausgestreckt und faul dort sitze und meine Mutter höre, die in der Küche werkelt – schon immer hat mich das Scheppern des Geschirrs und das Klappern des Bestecks auf geheimnisvolle Weise beruhigt –, schlummere ich beinah ein. Doch dann ist sie plötzlich da. Ich schrecke hoch. Sie sitzt mir gegenüber. Sie lächelt mich an. Und dann – endlich – fängt sie an zu reden.

4 Ich ziehe mein Smartphone aus der Tasche und schalte das Diktiergerät ein, ohne dass Mutter es merkt. Ich habe etliche Muttermonologe auf Band. Manchmal, allein, in Freiburg, wenn mich ein Gefühl der Entwurzelung überkommt, eine Halt- und Heimatlosigkeit, lausche ich ihrer Stimme. Das gibt mir ein wenig Geländer, das tut gut, und es hilft auch beim Einschlafen.

»Ruhe«, so Mutter. »Du immer mit deiner Ruhe! Das sagst du doch ständig! Ruhe! Ich soll mal an *mich* denken, sagst du. Ich soll mir mal was gönnen. Ich soll mich mal entspannen. Letztens erst hast du mir am Telefon noch gesagt, ich soll mal in die Sauna gehen, weißt du das nicht mehr? Und da hab ich gedacht, Irma, komm, hab ich gedacht, jetzt hör doch einmal nur auf deinen Sohn! Und da war ich also in der Sauna! Zum ersten Mal in meinem Leben. Das war unmöglich war das!«

Ich trage sie immer im Ohr, ihre Stimme: ein klarer Alt, der tiefer sackt, wenn sie Ernstes erzählt, manchmal – bei Lustigem – in die Höhe kiekst, in diesem niederrheinischen Singsang von endlos aneinandergereihten Wörtern, von nicht zu bändigenden Satzkaskaden, von Anekdoten, Gedanken, Schleifen, von ewigen Wiederholungen in atemberaubender Geschwindigkeit.

Jetzt aber bin ich müde. Die weite Reise. Die Knödel. Und in der Nacht habe ich schlecht geschlafen. Ich höre nicht richtig zu. Meine Gedanken schweifen ab. Ich schnappe nur noch ein paar Fetzen auf. Es wird ein lustiger Monolog, das steht fest. Ich freue mich darauf, mir das alles anzuhören, auf der Heimfahrt. Oder heute Nacht. Vorm Einschlafen.

»Und das glaubst du nicht, mein Junge«, sagt Mutter, plötzlich lauter, »jetzt kommt in dem Augenblick, da kommt auch noch der Pastor Kasper in die Sauna, kannst du dir das vorstellen? Der Pastor Kasper, der ist jetzt auch schon über achtzig und fast genauso dick wie mein Klärchen. Letzte Woche erst haben wir den auf der Straße getroffen, den Pastor Kasper, und der Papa gibt dem die Hand und sagt: Ach, da kommt der Pastor, der passt durch kein Tor.« Meine Mutter muss lachen: Es löst sich die obere Reihe der dritten Zähne und flutscht ihr auf die Lippen. Sie schiebt in einer einzigen fließenden Bewegung das Gebiss zurück in den Mund und redet weiter. »Furchtbar ist das mit dem Papa! Das wird immer schlimmer im Alter.

Nur Unsinn hat der im Kopf, den ganzen Tag. Genau wie das Klärchen. Aber deshalb liebe ich die beiden auch so, da kann ich nichts dafür.«

Ihr Erzählen wächst sich aus zu einem alles vertilgenden Strom und was ihr in die Quere kommt, wird mitgerissen.

»Jetzt kommt der also in die Sauna rein, der Pastor Kasper, und der kommt da rein wie alle anderen, also wie Adam ohne jedes feige Blatt, aber zum Glück hängt dem sein Bauch runter bis auf die Oberschenkel, da kann man also nichts sehen, aber trotzdem. Ich sag: Herr Pastor, sag ich, was machen Sie denn hier in der Hölle? Und der Pastor sagt: Grüß Gott, Frau Storch, ich wusste gar nicht, dass Sie in die Sauna gehen. Ich sag: Ich auch nicht, aber gut, dass Sie da sind, Herr Pastor: Wenn ich gleich umkippe, dann können Sie mir direkt die Letzte Ölung geben. Da hinten gibt es Massagen, sag ich, die haben bestimmt Öl satt.«

Zwischendrin weiß meine Mutter oft nicht mehr, was sie am Anfang eigentlich hat sagen wollen. Wie bin ich jetzt da drauf gekommen?, fragt sie dann erstaunt. Oder: Was wollte ich denn eigentlich erzählen? Oft verwechselt sie Wörter. Hieroglyphen werden zu Hierophyten. Diagonal heißt regional. Judas Ischariot nennt sie: Judas Ischias. Mal zwinkert sie mir zu bei einem lustigen Wort, mal redet sie einfach darüber hinweg, scheinbar ohne zu merken, was sie da gerade wieder rausgehauen hat. Vielleicht sorgt auch ihr Alter für dieses langsame Verschwimmen. Das Alter und der Einfluss vom Pastor Kasper. Denn beim Pastor Kasper, da vermischt sich auch alles Mögliche, vorzugsweise die Bibel und sein geliebter Karl May, den er von Kindesbeinen an vergöttert, Pastor Kasper und Karl May, Mutters Lieblingsthema: »Bei Jesus und bei Winnetou, das sagt der Pastor Kasper immer, da denkt man in einem Augenblick noch: Was haben *die beiden* denn miteinander zu tun? Der eine reitet durch den fernen Westen, der andere durch den nahen Osten. Der eine ist ein Indianer, der andere ein Gottessohn. Der eine reitet auf so einem ollen Maultier, der andere auf einem richtig schönen schwarzen Rappen. Der eine trägt Mokassins, der andere so alte Latschen von Birkenstock. Das geht doch gar nicht gegensätzlicher, denkt man. Aber nein, sagt der Pastor Kasper, das stimmt nicht! Die zwei haben unheimlich viel gemeinsam, der Winnetou und der Jesus! Weil beide so gute Menschen sind und weil beide so gut die Spuren lesen können! Also, der Winnetou mehr so die Spuren der Pferde von den Banditen auf den Böden ihrer Steppen. Und der Jesus mehr so die Spuren der Taten von den Menschen auf den Böden ihrer Seelen. Beide sind richtig große Häuptlinge, und beide haben viele Jünger: Die einen heißen Apostel und die anderen Apatschen.«

5

Eine gute Stunde später höre ich den Schlüssel. Durch die offen stehende Tür zum Flur kann ich meinen Vater ins Haus treten sehen. Er schüttelt einen Regenschirm aus, verharrt unschlüssig, als hätte er etwas vergessen.

»Papa!«, rufe ich und stehe auf.

Er kommt mir entgegen, den Schirm in der Hand.

»Mein Junge!«, ruft er. »Mein einziger Junge.« Und dann macht er seinen zweitliebsten Witz. »Mein schönster Junge!«

Unsere Umarmung ist noch flüchtiger als die mit Mutter. Er ist so klein, mein Vater, klein und zerbrechlich, ein Hutzelmännlein, und ich spüre seine Knochen bei jeder Umarmung und seine seit einiger Zeit eingefallenen Stoppelwangen, die von keinem Rasierer zu bändigen sind. Dieser Schalk in seinen Augen, dieses lustige Gemüt, in allem wie sein eigener Großvater, das Päppken, von dem er oft erzählt, und der ein Witzbold sondergleichen gewesen sein muss, ein Schuster, ein ebenso kleines Männlein, der alle Streiche ungestraft über sich ergehen ließ, mit mildem Blick.

»Wieso bist du schon da?«, fragt Papa mich.

»Fünf Uhr«, sage ich.

»Mama hat gesagt: sieben Uhr!«

»Siebzehn Uhr!«, ruft Mutter. »Und Paul! Was ist denn das für ein Schirm!?«

»Den hat mir der Magolei mitgegeben«, sagt Papa.

»Ja, aber du bist doch zum Magolei gegangen, weil du ihm den Schirm von gestern zurückbringen wolltest!«

»Das hier ist ja ein anderer Schirm«, sagt Papa.

»Wieso ein anderer?«

»Der ist blau. Der gestern war schwarz.«

»Was?«

»Ja. Als ich gehen wollte, vom Magolei, nach Hause, da hat es wieder so'n bisschen getröpfelt. Da hat der mir den hier mitgegeben.«

Mutter stutzt kurz, dann lacht sie, ein helles, offenes Lachen, sie reibt sich übers Auge, streicht ihre Schürze glatt, die sie vom Kochen immer noch trägt, und beruhigt sich langsam. »Neenee, was ist das schön!« Die beiden geben sich einen Kuss, Mama nimmt Papa den Schirm ab und geht Richtung Badezimmer.

»Ich bring dir gleich deine Knödel!«, ruft sie noch.

Papa zwinkert mir kurz zu.

»Der Humor«, sagt Mutter immer, »das ist doch der

Grund, weshalb ich deinen Vater überhaupt geheiratet hab. Das Übrige können die anderen Männer genauso gut. Aber wenn man nichts zu lachen hat, dann ist das Leben nicht schön. Auch wenn sich der Humor von deinem Vater eine Weile vor dir versteckt hat, damals, als du Kind warst, mein Junge.«

Mein Vater setzt sich zu mir. Ich merke, er ist abwesend, vielleicht noch dort, wo er gerade hergekommen ist, beim alten Magolei.

»Das ist richtig schön mit dem Magolei«, sagt Papa. »Den kann man alles fragen.«

»Was meinst du, Papa?«

»Über seinen Beruf.«

»Als Bestatter?«

»Tod. Beerdigung. Grabstein. Ich bin ja nicht mehr der Jüngste, da muss man sich doch vorbereiten, oder nicht?«

Der alte Magolei ist längst in Rente, sein Sohn hat das Geschäft übernommen, aber der Alte hilft immer noch, wo er kann.

»Neulich«, lacht Vater, »habe ich den Magolei gefragt, ob ich mal probeliegen darf. In einem von den Särgen. Aber der hat gesagt: Probeliegen ist bei uns nicht üblich. Das ist doch komisch, oder?«

»Mhm.«

»Alles probiert man an: Brillen, Jacken, Schuhe. Für

jedes Auto eine Probefahrt. Nur ins allerletzte Stück legt man sich blind.«

»Da ist was dran«, sage ich.

Mutter kommt zurück, auf dem Teller befinden sich nur zwei Knödel, mehr schafft Vater nicht mehr in seinem Alter. Sie stellt den Teller auf den Tisch.

»Einmal Seniorenteller!«, ruft Mutter.

Wir setzen uns an den Esstisch, Papa isst behutsam.

»Ich will doch wissen, wo ich reinkomme«, sagt Papa. »Also wenn ich mal nicht mehr bin!«

»Paul! Bist du schon wieder beim Probeliegen?«, sagt Mutter.

Da fragt Papa mich: »Weißt du, wer gestorben ist?«

»Der Danners, Karl?«

»Hat Mama das schon erzählt?«

Mutter sagt: »Ich würd mich ja nie verbrennen lassen, wenn ich mal nicht mehr bin!«

»Warum nicht?«

»Das wär mir viel zu heiß. Und da bleibt ja auch nichts mehr übrig. Nur so ein Häufchen Asche. Nee, da lass ich mich lieber begraben. Ich sag immer: Solange man lebt, geht das noch! Nur wenn man mal nicht mehr lebt, geht es nicht mehr! Ich denk bloß: Wer soll die ganze Grabpflege machen, wenn wir mal nicht mehr sind? Das Sterben ist nicht das Schlimme!

Aber wenn du dann mal unten liegst und du kannst nichts mehr machen, *das* ist schlimm! Keiner kümmert sich um dein Grab! All das Unkraut! Keine Kerzen! Und die Leute, die kommen an dem Grab vorbei und sagen: Guck mal, wie das hier aussieht! Was? Da liegt die Irma drin? Nee, das hätt ich der aber nicht zugetraut! Das hätt ich nicht von der gedacht! Die war doch sonst immer so ordentlich! Keine Kerzen und so viel Unkraut! Da hat der Papa schon recht, wenn der sagt: Die sollen uns senkrecht begraben, dann können wir die Grabpflege selber machen.«

6 Mit einem vehementen Ruck öffnet sich die Tür zur zweiten Hälfte des Doppelhauses: Das Klärchen tritt ins Wohnzimmer, sie nimmt den Raum sofort voll und ganz ein, japsend, schnaufend, Perlen auf der Stirn, sanft schwankend.

»Die Tante Erna schläft jetzt«, sagt das Klärchen, stellt ein Babyfon auf den Tisch und fasst sich an ihren Dutt.

»Komm rein!«, ruft meine Mutter.

»Das riecht aber gut hier. Nach Knödeln.«

»Soll ich dir einen Teller machen?«

»Was ist denn das für eine Frage, Irma!?«

Mutter steht sofort auf und verschwindet in der Küche.

»Wie stehen die Aktien, Paul?«, fragt das Klärchen.

»Herrlich«, sagt Papa.

Das Klärchen lässt sich ächzend in einen Sessel fallen und raunt mir zu: »Ach sei doch so gut, Junge, und hol mir auch mal so ein Schnapsglas, ich sitz hier gerad so schön!«

Während ich ihr beim Schnapstrinken zusehe,

sprechen wir über Tante Erna. Klärchens Tante. Die in Klärchens Hälfte lebt. In einem Zimmer unterm Dach. Wir sprechen darüber, wie es ihr geht. Was ihr Herz macht mit ihren neunundneunzig Jahren. Seit drei Monaten steht Tante Erna nicht mehr auf, sagt das Klärchen, sie liegt den ganzen Tag oben in ihrem Zimmer und quengelt vor sich hin. Das Klärchen hat sich das Babyfon angeschafft, eigentlich für Notfälle. Mittlerweile läuft das Ding Tag und Nacht.

»Die ruft die ganze Zeit. Hol mir dieses, hol mir jenes! Oder: Das ist doch kein Leben! Oder: Scheiß Maria und Josef! Und: Wär ich mal tot und begraben! Da hilft nur noch der Fernseher, um die abzulenken. Die guckt ja so gern Vampirfilme seit Neuestem. Dein Vater hier! Der hat ihr den Floh ins Ohr gesetzt. Der Paul! Vampire! Uach!«

»Ich hab das vom Magolei!«, sagt Papa.

»Der alte Bestatter!«

»Der guckt die Vampirfilme nur wegen den ganzen Särgen.«

»Aus beruflichen Gründen«, sagt Papa.

»Hat sie denn Schmerzen?«, frage ich.

»Nicht die Spur«, sagt das Klärchen. Dann guckt mich das Klärchen lange an und flüstert: »Mensch, das find ich wunderbar!«

»Was denn?«, frage ich.

»Dass du deine Eltern so oft besuchst. Dreimal im Jahr!«

»Zählst du mit?«, fragt Mama und tritt mit einem dampfenden Teller Knödel und einem Pott Vanillesoße ins Wohnzimmer, ihr Vorrat an Knödeln scheint unerschöpflich.

»Wunderbar ist das!«, ruft das Klärchen. »Irma! Da hast du mehr Glück als ich.«

»Ach, Klärchen!«, sagt Mutter.

»Die Sibille«, sagt das Klärchen zu mir, »die tut das nicht mehr. Die besucht mich nicht! Hat die nicht nötig, das Fräulein Tochter. Keine Zeit! Für ihre eigene alte Mutter! Die sitzt da in München. Arbeitet den ganzen Tag. Die ganze Nacht. Nicht schön ist das.«

»Und zu deinem Geburtstag?«, frage ich.

»Da war die in London. Buchmesse. Oder wie das heißt!«

Inzwischen hat das Klärchen sich aus dem Sessel gehievt und gegenüber von Papa am Esstisch Platz genommen, hat Messer und Gabel geschnappt und stopft jetzt einen Knödelbissen nach dem anderen in sich hinein. Auf ihrem Gesicht blüht ein genießerisches Lächeln unter roten Bäckchen.

»Nee, was ist das lecker!«, strahlt sie. »Mit Liebe gekocht. Das schmeckt man sofort.«

Weil sich auch Mutter an den Esstisch setzt, stehe ich auf und nehme den Platz neben meinem Vater ein. Von der Seite lächelt er mir zu. Seine Hand zuckt kurz, als wolle er sie in meine legen, aber sie bleibt auf dem Tisch.

»Nein, die kommt nicht, die Sibille!«, sagt das Klärchen noch zweimal, jetzt mit vollem Mund. »Die kommt einfach nicht! Nicht mal zu meinem Geburtstag! Schlimm ist das doch!«

»Klärchen!«, sagt Papa, und ich sehe schon den vorfreudigen Schalk in den Fältchen um seine Augen blitzen und bin gespannt, welcher Witz jetzt folgt. »Wenn die Sibille nicht zu deinem Geburtstag kommt«, sagt Papa lächelnd, »dann kommt die doch bestimmt zu deiner Beerdigung.«

Klärchen lacht sofort auf.

»Paul!«, sagt meine Mutter, muss aber auch lachen.

»Ja!«, ruft das Klärchen. »Da hast du recht, Paul! Zu meiner Beerdigung wird die kommen! Bloß: Dann hab ich ja nichts mehr davon!«

Nachdem Papa seinen Witz mit der Beerdigung gemacht hat, verändert sich etwas: Das Klärchen isst ein wenig langsamer. Sie wirkt irgendwie abwesend, hört scheinbar meiner Mutter zu, die das Heft des Redens wieder an sich reißt, doch Klärchens Blick ist glasig, als dächte sie gerade an etwas anderes. Sie lässt

Mutter sprechen. Erst als sie die Papierserviette zusammenknüllt und auf den Teller legt, fragt Klärchen, mitten in Mutters Satz hinein: »Gibt es keinen Nachtisch, Irma?«

»Wieso denn Nachtisch!?«, ruft meine Mutter. »Waren dir die Knödel nicht süß genug?«

»Oder einen Kaffee?«

Mutter steht auf und geht in die Küche.

»Ach«, sagt das Klärchen jetzt zu Papa und mir, »das hätt ich ja beinah vergessen: Ich kann meine Brille nicht mehr finden. Könnt ihr mir suchen helfen?«

»Klar helfen wir dir«, sagt Papa. »Ich hol nur kurz meinen Laptop.«

»Was denn für einen Laptop?«, frage ich.

»Der ist nagelneu. Den hab ich erst seit zwei Tagen.«

Papa verschwindet und kommt tatsächlich mit einem Laptop zurück. Etwa zeitgleich erscheint Mama mit dem Kaffee.

»Um Gottes willen!« Meine Mutter deutet auf den Laptop. »Das weißt du ja noch gar nicht, mein Junge! Der Papa ist seit Neuestem digital. Wir haben jetzt auch so ein Internet! Zuerst hab ich dem noch gesagt: Das kommt uns aber nicht ins Haus! Weil, das ist ja gefährlich, die können ja alles abhören! Stell dir vor, die Leute in dem Internet, die hören alles ab, was der Papa sagt den lieben langen Tag, dann schicken die sofort so Männer mit weißen Jacken, oder nicht?«

»Mhm«, macht Papa.

»Aber dein Vater hat gesagt, nein, nein, das geht nicht mehr anders heutzutage. Du kennst ja den Papa: Wenn der sich was in den Kopf setzt, dann ist da kein Kraut gegen gewachsen, mein Junge, und der Luca von gegenüber, der hat uns das alles interniert, ruck, zuck ging das.«

»Mhm«, sage ich.

»Das Klärchen hat ihre Brille verlegt«, sagt Papa.

»Och nein!«, ruft Mutter. »Schon wieder?«

Beim Kaffee spricht Mutter darüber, was Klärchen in den letzten Wochen alles verlegt und verloren hat, Papa bringt seinen üblichen Witz an (»Klärchen, du hättest Verleger werden sollen! Wie der Chef von deiner Tochter!«). Und endlich stehen wir auf.

7 Der Reihe nach durchqueren wir den Hohlraum zwischen den Türen, die in Klärchens Wohnzimmer führen. Vorn das Klärchen, es folgt Mama, dann Papa mit Laptop, zum Schluss ich. Kurz durchblitzt mich eine Szene aus dem Film *Picnic at Hanging Rock*: Diese weiß gekleideten Mädchen, die wie an der Schnur gezogen eine nach der anderen hinter dem gruseligen Felsvorsprung verschwinden und danach nie wieder auftauchen. Schon stehen wir in Klärchens Wohnzimmer. Mir ist immer, als beträte ich eine andere Welt, wenn ich diese Tür durchquere. In Mutters Wohnung liegt alles an seinem Platz, *akkurat* ist eines ihrer Lieblingsworte, in Mutters Wohnung duftet es immer, es blitzt und blinkt wie frisch gescheuert. In Klärchens Wohnung dagegen herrscht Chaos, alles liegt irgendwo herum, nur nicht dort, wo es hingehört. Der Boden ist bedeckt und der Tisch quillt über von Zeitungspacken, die Blumen sehen aus, als würden sie sich jede erdenkliche Mühe geben, ihr Schicksal mit Fassung zu tragen, und über allem liegt der Hauch einer leichten

Fäulnis, nicht schlimm, aber eben so ganz anders als bei Mama nebenan. Auch deshalb passen die beiden so gut zusammen, weil Mama gern aufräumt und putzt, und das Klärchen überhaupt nicht, sodass Mutter oft Ordnung schafft nebenan, und beide sind zufrieden.

Papa macht einen Platz auf dem Sofa frei und ruft: »Ich suche nicht mehr analog, ich suche digital! Mein WLAN ist lang genug!«

»Wie lang?«, fragt das Klärchen.

»WLAN!«, sagt Papa.

»Wie willst du denn mit dem Laptopf die Brille suchen?«, fragt Mama. »Vom Sofa aus!? Paul! Komm zur Besinnung!«

»Irma«, sagt Papa. »Wenn das Internet alles weiß, also wirklich *alles*, dann weiß es bestimmt auch, wo Klärchens Brille liegt.«

»Paul! Woher soll denn das Internet wissen, wo Klärchens Brille liegt?«

»Die haben doch extra Suchmaschinen dafür!«, ruft Papa. »Da kannst du alles mit suchen!«

Mutter seufzt, schüttelt den Kopf und beginnt, die Schubladen in Klärchens Wohnzimmerschränken zu öffnen.

»Gefunden!«, ruft mein Vater plötzlich.

»Was denn?«, sagt Mama. »Die Brille?«

»Nein!«, sagt Papa. »Die Suchmaschine!«

Ich muss kurz lachen.

»Die heißt Google!«

»Ach«, ruft das Klärchen, »da fällt mir ein, Irma! Du musst mal wieder den leckeren Gugelhupf backen!«

Mutter reißt die unterste Schublade auf, und jetzt haucht sie: »Was soll das denn sein!? Klärchen!? Guck dir das mal an!«

Sie hält etwas in die Luft.

»Siehst du doch!«, sagt das Klärchen. »Das sind dritte Zähne!«

»Ja«, sagt Mutter, »aber du hast deine doch im Mund!«

»Die sind nicht von mir. Die sind von meinem Fritz.«

»Der ist doch schon zwanzig Jahre tot!«

»Och«, sagt das Klärchen, »man weiß ja nie. Für schlechte Zeiten.«

Das Klärchen hat sich mittlerweile neben meinen Vater aufs Sofa fallen lassen und einen Schokoriegel gefunden, dessen Papier sie behutsam und mit leuchtenden Augen entblättert. Mutter legt die Zähne wieder in die Schublade und sagt: »Klärchen, das hab ich dir schon so oft gesagt: Du kannst nicht alles verwahren! Den ganzen Tinnef hier!«

Während Klärchen sich den Schokoriegel einverleibt, tippt Papa in den Laptop und spricht gleichzeitig mit: »Wo liegt denn die Brille von dem Klärchen, liebes Internet! Enter. Haken!«

Kurze Stille.

Alle schauen ihn an.

»Boah!«, ruft mein Vater. »Kommt mal her!«

Mutter und ich treten hinter ihn. Eine Liste ist aufgeploppt. Mit Orten, an denen irgendwelche Leute irgendwann mal ihre Brillen verlegt haben: Die Top Ten der Brillenverlegungsplätze!

Papa liest vor. An dritter Stelle steht: Hinter den Blumentöpfen auf der Fensterbank. Das Klärchen knallt sofort die flache Hand gegen die Stirn: »Genau!«, ruft sie. »Die hab ich doch abgenommen, die Brille. Als ich die Blumen gegossen hab!« Sie erhebt sich mühsam, schaukelt Richtung Fensterbank, sieht nach, ruft: »Tatsächlich!«, dreht sich zu uns um, und die Brille sitzt ihr auf der Nase.

Papa strahlt. Mama schüttelt den Kopf und stemmt die Fäuste in die Hüften. Nur selten ist sie sprachlos.

Aus dem Babyfon auf dem Tisch erschallt eine Stimme: »Scheiß Maria und Josef! Ich hab Durst! KLÄRCHEN!!«

»Ach du Schande!«, sagt das Klärchen. »Jetzt haben wir die Tante Erna aufgeweckt.«

Wir überlassen das Klärchen ihrem Schicksal. Und kehren zurück in die eigene Wohnung.

Während Mutter sich in der Küche zu schaffen macht, öffnet Papa am Laptop den Grabmal-TED. Magolei junior hat ihm den Tipp gegeben. Eine Website: moderne, ökologisch-nachhaltige Grabmalkunst. Wir schauen uns alles in Ruhe an. Ich favorisiere das ökoKONZEPTGrabmal X205 aus Edelstahl mit gläserner Schriftplatte, mein Vater schwankt ein wenig zwischen dem Anröchter Trauer-Enden-Dolomit mit naturbelassener Keramikskulptur und dem Recycling-Grab Schwarz-Schwedisch-Basalt, geriffelt und bossiert. Die Grabmale »stehen bundesweit zum Verkauf, sind frei von Provisionszahlungen und mit einem verbindlichen Endkundenpreis versehen«. Mein Vater macht drei Witze bei *Recycling-Grab*, *Endkundenpreis* und *versehen*, ich schmunzle, dann aber spüre ich einen schmerzhaften Stich bei der Vorstellung, eines Tages selber am Grab meines Vaters zu stehen und hinabzublicken in der Gewissheit, ihn nie wieder lachen zu hören und nie wieder sein schalkhaftes Augengefältel zu sehen.

Endlich steht Papa auf, geht zum Schrank, nimmt sein Pümpchen, wie er es nennt, und dann legt er seine Lippen um die Pumpe, pumpt drei Stöße, am Schrank stehend, und dann legt er das Pümpchen zurück, nimmt eine halbe Tablette in die Hand und kehrt zu mir zurück. Er zeigt mir die Tablette.

»An so ’nem kleinen Ding«, sagt er, »hängt mein ganzes Leben. Stell dir das mal vor.«

Er schluckt sie runter, ohne zu trinken. Dann setzt er sich wieder zu mir. Ich streiche ihm kurz mit der Hand übers lichte Haar. Er schaut überrascht. Dann lächelt er mir zu und sagt: »Sieben Haare hab ich noch. Drei nach rechts, drei nach links und der Rest wüst nach hinten.«

8

In der Nacht liege ich wach. Ich bin wieder Kind. Das Monster, so oft, dort, in der dunklen Ecke, an der Tür. Es springt aus der Dunkelheit auf mich zu, und als Kind wache ich auf und schreie, bis Mutter kommt und Licht macht und mich beruhigt, sie sagt, das ist nur eine Jacke. Obwohl ich sehe, dass eine Jacke in der Ecke hängt, glaube ich ihr nicht, nein, das Monster ist wirklich hier gewesen, Mutter nimmt die Jacke vom Haken, aber die Tür muss sie auf- und das Licht im Flur brennen lassen, diese bauchige Leuchte an der Wand neben dem Spiegel, die man mit einer Schnur anknipsen kann, an dessen Ende ein Bömmel aus Plastik baumelt, so klein wie ein tic tac.

Und dann diese Nacht mit den hämmernden Schmerzen im Bauch. Eine eiserne Faust um meinen Magen. Ich schreie, und Mutter fährt mich zum Kinderarzt. Nichts, sagt der Arzt und schüttelt müde den Kopf. Ich kehre heim ins Schmerzbett. Und schreie. Wieder und wieder. Und weine und tobe. Ein zweites Mal fährt Mutter mich in unserem grünen Käfer zum Kinderarzt. Nichts, sagt der Arzt und schüttelt müde den Kopf. Wieder zu Hause nehmen die Schmerzen noch zu. Doch ich werde plötzlich ganz ruhig. Fünf Jahre jung. Mutter hat es mir oft erzählt.

Mama, sage ich still.

Ja, mein Junge?

Wenn ich jetzt nicht sofort ins Krankenhaus komme, dann muss ich sterben.

Mutter stört den Kinderarzt ein drittes Mal in der Nacht.

Und der Doktor erbleicht.

Ins Krankenhaus!, sagt er. Sofort!

Dort heißt es: Blinddarmdurchbruch.

Zwanzig Minuten später, sagt der Chirurg, und er hätte nichts mehr für mich tun können.

Ich bleibe zwei Wochen lang. Und kehre heim ohne Sonny. Denn die Putzfrau im Krankenhaus, diese Maschine mit den betonierten Gesichtszügen, sie kehrt alles zusammen, was auf dem Boden liegt, diese Hexe mit den schwarzen Haaren im Gesicht, und ich, der Junge, im Bett, im Krankenhausbett, noch mehr als schwach, am Tag nach der Blinddarm-OP, und mein Hase, mein über alles geliebter Hase, mein Häschen aus Stoff, Sonny genannt, golden wie die Sonne, mit einem Halsband, an dem ein goldenes Glöckchen baumelt, Sonny, mein kleiner

Hase, der hockt, der immerzu hockt, derart, dass ich mein Fingerchen zwischen seine Läufe schieben und ihn wie einen Wellensittich auf dem Zeigefinger tragen und meine Nase gegen seine stupsen kann, Sonny, er liegt auf dem Boden, ich bin noch zu schwach, mich zu bewegen, und die Putzfrau kehrt und kehrt und kehrt mir den Rücken zu und kehrt auch Sonny mit auf, ja, sie sieht ihn genau, den Hasen, sie hört mein Hauchen nicht, die Worte des Kindes, mein Hase, mein Sonny, sie hört meine Bitte nicht, ihn mir vom Boden zu heben, ihn mir zurück in die Hände zu legen, ohne Sonny kann ich nicht einschlafen, ich brauche seine Nase an meiner Wange, aber die Putzfrau kehrt und kehrt und kehrt und kehrt Sonny aus der Krankenzimmertür hinaus mit ihrer Mähne aus grausam fließendem Haar, und sie schließt die Tür, und Sonny ist weg, für immer, ich weine, ich kann nicht anders, und ich verstehe nicht, was hier gerade geschehen ist, warum sie mir das Einzige genommen hat, was ich habe, um in die schwarze Nacht gleiten zu können, warum sie mir den Schutz geraubt hat gegen Albträume aller Art, und später liege ich da mit meinen fünf Jahren, wie erloschen, ausgeweint, ausgeheult, ausgehöhlt, zum ersten Mal in meinem Leben des Innigsten beraubt.

Ich gehe hinunter ins Wohnzimmer. Es ist zwei

Uhr. Da sitzt mein Vater. Allein. Er bemerkt mich nicht. Erst als ich sage: »Na? Papa? Kannst du auch nicht schlafen?«, schreckt er hoch und schaut mich an.

»Mensch«, sagt er. »So ein langer Lulatsch!«

»Was?«

»Ja, du! Als du ein Baby warst, hab ich dich immer hin- und hergetragen, wenn du nicht einschlafen konntest. Von hier nach dort. Du fandest das toll. Du hast in meinem Arm gelegen, die Augen weit offen. Du hast bestimmt gedacht: Och, wie wunderbar, so richtig schön rumgetragen zu werden die ganze Nacht. So klein warst du damals. Eine Handvoll Kind.«

Das erzählt er mir zum ersten Mal. Mir fehlen die Baby-Erinnerungen. Ich setze mich neben meinen Vater. Lege den Arm um ihn. Schaue hinab. Er lehnt den Kopf gegen meine Schulter.

»Ich bin immer so froh, wenn du da bist«, sagt er.

Ich nicke.

»Ich weiß ja nicht, wie oft ich dich noch sehe.«

»Och, Papa. Das sagst du jedes Mal. Seit zwanzig Jahren.«

»Ja, aber irgendwann sag ich das zum letzten Mal. Und wir wissen nicht, wann.«

Wir schweigen.

»So ein Wochenende ist viel zu schnell vorbei«, sagt er.

Wir sitzen dort, still, vielleicht zwanzig Minuten. So nah wir uns auch sind: Etwas trennt uns. Wie eine unsichtbare, dritte Haut. Ich weiß nicht, was das ist. Vielleicht gibt es einen Schleier, einen von der Zeit gewobenen Schleier, einen zitternden, schwebenden, durchsichtigen Schleier zwischen allen Eltern und ihren Kindern. Wir wollen uns nah sein und bleiben einander doch fern.

»Ja«, sagt er, »du hast recht!«

Wir stehen auf, ich sage: »Komm! Ich trag dich nach oben!«

Mein Vater lacht. »So weit kommt es noch!«

Er rechnet nicht damit, dass ich es ernst meine. Ich lege den linken Arm um seine Kniekehlen und den rechten Arm um seinen Rücken und hebe ihn hoch.

»Och, Junge!«, sagt er.

Jetzt trage ich ihn vor der Brust. Er hält sich an mir fest, während ich die Treppen hochsteige. Vater ist leichter als gedacht. Längst keine fünfzig Kilo mehr. Oben setze ich ihn ab. Er legt mir die Hand an die Schulter, sieht mich an. Seine Augen schimmern. Er dreht sich um und betritt seine Schlafstätte.

9

Am Morgen wache ich spät auf. Ein Samstag schmeckt nach Autowaschen, Bundesligakonferenz, Hausputz, Kirchenzeitungsgeld-Kassieren, nach Kartoffeln pflanzen, nach Guano und Torf, nach der braunen, feuchten Erde im Garten, nach abgeschnittenem Gras und Fußball mit den Nachbarsfreunden auf dem Feld als Stürmer des selbst ernannten 1. FC Knickebein, ein Samstag hier schmeckt nach Stoppelschlacht und Heuballenzerzausen und nach Erkundungsgängen durch den nahe gelegenen Tunnel. Ich gehe joggen nach dem Frühstück. Der Regen hat sich über Nacht gelegt. Die Wege sind immer noch seifig, die endlosen Felder, die in Wälder münden, die niederrheinische Natur: alles ein wenig stoppelig, zerzaust, beunruhigend schön.

Zu Mittag tritt das Klärchen in die dampfende und zischende Küche. Mutter kocht ihre berühmten Frikadellen mit Kartoffeln, Soße und Rotkohl, den sie mit einem Gläschen Apfelkompott versüßt, Vater und ich schauen ihr dabei zu. Das Klärchen lässt sich schnaufend zu Papa und mir auf die Eckbank nieder und strahlt übers ganze Gesicht.

»Stellt euch vor!«, ruft sie. »Die Sibille kommt!«

»Was?«, fragt meine Mutter vom Herd. »Wann denn?«

»Heute! Die sitzt schon im Zug. Um halb fünf kommt der Zug in Breyell an. Um halb sechs ist die hier!«

»Aber warum denn so plötzlich? Hat die Urlaub?«

»Nein. Die hat frei gekriegt.«

»Wieso das denn?«

»Damit die mir helfen kann. Beim Organisieren!«

»Was denn organisieren?«, fragt Papa.

»Die ganze Beerdigung! Das schaff ich nicht mehr allein!«

Meine Mutter stellt die Schüssel mit den Kartoffeln auf den Tisch und stößt erschrocken Luft aus den Lippen. Auch Papa hebt ruckartig den Kopf.

»Welche Beerdigung?«, ruft Mutter. »Ist denn jemand gestorben?«

»Ja«, sagt das Klärchen. »Die Tante Erna.«

Meine Mutter schaut, als hätte ihr jemand mit der Pfanne auf den Kopf gehauen. »Die Tante Erna!? Um Gottes willen, Klärchen!«

Papa sagt: »Die war doch gestern noch quicklebendig!«

Mutter schaltet die Dunstabzugshaube aus, lässt sich auf einen Stuhl fallen, schüttelt den Kopf und sieht fassungslos zum Klärchen. Ich lege dem Klärchen im Sitzen eine Hand an die Schulter und sage: »Das tut mir leid!«

»Nein, nein, nein!«, ruft das Klärchen aufgekratzt, beinah fröhlich. »Das muss euch doch nicht leidtun!«

»Warum das denn nicht?«, fragt Mutter.

»Och«, sagt das Klärchen, »die Tante Erna, die lebt ja noch!«

»Ja, was denn jetzt!?«, ruft Mutter. »Ist die jetzt tot oder lebt die noch? Beides zusammen geht ja nicht.«

»Doch«, sagt das Klärchen, »bei mir schon.«

Klärchen hat also heute Morgen die Sibille angerufen und ihr am Telefon gesagt: Die Tante Erna ist tot! Sie hat gesagt, sie ist in der Nacht verschieden. Den Seinen gibt's der Herr im Schlaf! Und dass sie ganz allein die Beerdigung organisieren muss. Und unbedingt Hilfe braucht. Dabei stimmt das alles überhaupt nicht, ist komplett erfunden. Die Tante Erna lebt noch munter vor sich hin. In ihrem Zimmerchen. Unterm Dach. »Sonst wär ich doch nicht so fröhlich!«, ruft das Klärchen. »Wenn die Tante Erna wirklich tot wär!«

»Klärchen«, sagt meine Mutter, »was hast du denn

jetzt schon wieder angestellt!?« Dabei strahlt sie über beide Wangen: Ihr scheint Klärchens Idee zu gefallen.

»Ja«, ruft das Klärchen und sticht mit dem Zeigefinger Richtung Papa, »dein Göttergatte hier, der hat doch gestern erst gesagt: Die Sibille, die kommt bestimmt zu meiner Beerdigung. Da hat der recht gehabt! Aber ich kann der Sibille ja schlecht sagen, dass *ich* gestorben bin! Das glaubt die mir auch nicht, wenn ich der das sage, am Telefon. Da hab ich mir also gedacht, ich sag der Sibille einfach: Die Tante Erna ist tot.«

»Aber«, sage ich, »du kannst doch nicht sagen, die Tante Erna ist tot, wenn die noch lebt!«

»Warum denn nicht?«, sagt das Klärchen. »Die Sibille kommt nach Hause, wir gehen essen, alle zusammen! So eine Beerdigung, die muss ja auch geplant werden, da soll die mir ruhig bei helfen.«

»Aber das fällt doch irgendwann auf, also, dass die gar nicht tot ist, die Tante Erna.«

»Och«, sagt das Klärchen, »die Tante Erna, die liegt da oben in ihrem Zimmer und guckt Fernsehen. Der setz ich Kopfhörer auf. Das kriegt keiner mit.«

»Wunderbar!«, ruft Papa und kichert.

»Und die Sibille ist erst um halb sechs hier«, sagt das Klärchen. »Wir fahren direkt ins Restaurant. Da muss die vorher gar nicht mehr zu mir ins Haus.«

»In welches Restaurant denn?«

»In das Sterne-Restaurant nach Dülmenhorst.«

»Ins Schnellingers!?«, rufe ich.

»Genau!«

»Wow!«, sage ich. »Da wollte ich immer schon mal hin!«

»Siehst du!«

»Aber da kriegst du doch gar keinen Tisch mehr so kurzfristig!«, sage ich. »Das ist ein Sterne-Schuppen.«

»Was für Sternschnuppen?«, fragt Papa.

»Das stimmt, Junge«, sagt das Klärchen. »Die haben drei Monate Anlaufzeit normalerweise. Aber ich kenn doch den Heimerot Alfred, und der ist der Cousin von der Schwester von dem toten Vater von dem Bruder von der Frau von dem Chef von dem Restaurant, und da hab ich noch einen Tisch bekommen für heute Abend um halb sieben. Die stellen den Tisch extra für uns auf, in einer Nische am Fenster, für die Prominenz, sag ich mal.«

»Toll!«, ruft Papa.

»Das wird ein Abenteuer!«

Und Papa sagt: »Natürlich wird der Abend teuer!«

»Versteht ihr das?!«, sagt das Klärchen jetzt mit ihrer ganzen Überzeugungskraft. »Ich will doch nur *einen Abend* mit meiner Tochter Sibille verbringen! Am Schluss sage ich ihr dann, dass die Tante Erna noch lebt. Da wird die sich doch freuen, die Sibille! Wenn die Tante Erna noch lebt! Ich sag der Sibille, dass ich das alles nur gemacht habe, weil die eigene Tochter es nicht mehr für nötig hält, sich hier blicken zu lassen, bei ihrer leiblichen Mutter. Da wird die sicher ein schlechtes Gewissen kriegen, die Sibille.«

»Nein«, sagt Mutter, »die wird sich aufregen, wird die sich!«

»Och«, sagt das Klärchen, »aber erst nach dem Essen.«

10 Ich zucke ratlos mit den Schultern. Auch Mutter schüttelt den Kopf und sagt: »Neenee, Klärchen, du machst Sachen! Aber wie kommt ihr überhaupt dahin? Nach Dülmenhorst!«

»Du fährst uns!«, sagt das Klärchen.

»Ich?«, ruft Mutter.

»Wer denn sonst?«

»Und der Paul?«

»Der bleibt hier.«

»Danke«, sagt Papa.

»Irgendwer muss sich um Tante Erna kümmern. Weil: Die lebt ja noch.«

»Gut!«, ruft Papa. »Der Magolei hat mir gestern einen neuen Vampirfilm geliehen. Den guck ich mit der Tante Erna.«

»Toll!«, ruft das Klärchen.

»Und was ist mit mir?«, frage ich.

»Du kommst mit uns!«

»Ins Schnellingers?«

»Ja. Dann kannst du mit deiner Mutter reden und ich mit der Sibille.«

Das leuchtet ein. Klärchen hat sich alles gut zurechtgetüftelt.

»Moment mal!«, ruft meine Mutter. »Wenn wir in ein paar Stunden zum Restaurant fahren, was soll ich denn jetzt mit dem ganzen Mittagessen machen? Ich hab ja gerade erst gekocht!«

»Och«, sagt das Klärchen, nimmt eine Serviette vom Tisch und stopft sie sich unters Doppelkinn, »das lass mal meine Sorge sein, Irma. Was gibt es denn Leckeres?«

Während Klärchen bei den Frikadellen zuschlägt, isst Papa wie ein Eichhörnchen, der Klecks Rotkohlbrei ist genau sein Ding, die beiden Kartoffeln muss er mit Butter zermanschen. Ich sehe, wie das Schlucken ihm schwerfällt. Ich selbst halte mich zurück.

»Die Tante Erna ist tot!«, murmelt Mutter. Sie kommt einfach nicht darüber weg. »Und dabei lebt die noch. Stellt euch das mal vor!« Sie schwirrt zwischen Herd und Tisch hin und her.

»Die ist neunundneunzig. Die kann jederzeit sterben«, sagt das Klärchen. »Je älter man wird, umso näher rückt die kalte Hand des Todes.«

»Wer sagt das?«, fragt mein Vater.

»Rosamunde Pilcher.«

»Das stimmt«, sagt meine Mutter. »Man denkt immer öfter darüber nach! Wenn ich mir aussuchen könnte, wie ich sterbe, dann am liebsten so wie Oma Eli. Zack. Umgefallen. Lungenempathie. Vierzehn Buchstaben. Schon kommst du vom Senkrechten ins Waagerechte.«

»Ja«, sagt das Klärchen. »Das wär schön.«

Papa sagt: »Oma Eli wäre letzte Woche hundertelf geworden. Aber wenn die damals nicht gestorben wär, dann wär die heute auch nicht mehr am Leben.«

»Irma?«, fragt das Klärchen mit plötzlichem Ernst. »Was machst du denn, wenn es ganz anders kommt? Wenn du so daliegst? Und in aller Ruhe stirbst? Und alles haargenau mitkriegst? Das ist doch richtig schwer! Das Sterben. Oder nicht, Irma?«

»Och«, sagt meine Mutter. »Da denkst du am besten: Wenn es jetzt nicht passiert, dann kommt es ja irgendwann später sowieso auf mich zu! Da kann man nichts dran ändern. Aufgeschoben ist nicht aufgehoben! Wenn es irgendwann später sowieso auf mich zukommt, dann kann ich es auch gleich jetzt hinter mich bringen. Ich sag auch immer: Was du heute kannst besorgen, das verschiebe nicht auf morgen. So musst du das auch in dem Moment sehen, an dem du weißt: Es ist jetzt gleich so weit! Dann denkst du einfach: Komm, das mach ich jetzt direkt, dann hab ich das hinter mir, ein für alle Mal! Dann muss ich später nicht mehr daran denken! Dann hab ich das erledigt! Dann bin ich diese Sorge los! Für immer und ewig.«

»Das hast du dir schön zurechtgelegt, Irma!«

»Ja, aber ist das nicht auch irgendwie gut, dass du danach nichts mehr machen kannst?«

»Wonach?«

»Nach dem Tod.«

»Warum?«

»Das ist doch im Leben immer dasselbe! Jeden Tag. Du weißt doch jeden Tag schon bei allem, was du tust: Du musst das wieder und wieder tun. Wenn du das Bad putzt, weißt du: Das wird wieder dreckig! Wenn du das Unkraut jätest, weißt du: Das wächst wieder nach. Wenn du einen Rock anziehst, weißt du: Den musst du am Abend wieder ausziehen.«

»Deshalb trag ich ja nur Hosen«, sagt das Klärchen.

»Alles fängt immer wieder von vorne an. Aber wenn du im Sterbebett liegst und einfach stirbst, dann weißt du: Gleich kann ich nicht mehr sagen: Ich steh auf und fang noch mal von vorne an, nein, dann ist es aus, endgültig, zappenduster.«

»Es sei denn, du heißt Lazarus!«, lacht das Klärchen. »Und der Jesus weckt dich auf! Von den Toten! Wie damals. In der Bibel.«

»Ja, aber das kommt nicht so oft vor im echten Leben.«

Das Klärchen wirft ihre Serviette auf den Teller, erschöpft, wie eine weiße Flagge. »Doch, doch, Irma!«, ruft sie. »Heute! Wir zwei! Wir werden heute Abend nach dem Essen die Tante Erna auferstehen lassen! Ist das nicht wunderbar?«

»Ja, aber die Tante Erna, die lebt ja noch. Der Lazarus in der Bibel, der war damals wirklich tot.«

»Das kann man nicht wissen«, sagt das Klärchen.

»Was denn?«

»Ob der Lazarus wirklich tot war damals. Das hat auch der Eberhard neulich gesagt.«

»Welcher Eberhard?«

»Ich mein … Der Pastor Kasper.«

»Seit wann duzt ihr euch denn?«

»Was?«

»Du nennst den Pastor Kasper Eberhard?«

»Ach, nein, das hab ich nur so … Jedenfalls, der hat gesagt: Das ist auch nicht so ganz echt, also das mit dem Lazarus. Tote aufwecken und so Scherze! Das glaub ich einfach nicht, hat der gesagt, der Eberhard, also, der Pastor Kasper. Da sind den Herrn Evangelisten aber mal so richtig die Pferde durchgegangen mit dem Lazarus! Wie seinerzeit dem Karl May, hat der gesagt. Da haben die Evangelisten aber mal so richtig dick aufgetragen in ihrer ganzen schönen Übertreibungskunst.«

»Das hat er gesagt?«

»Ja.«

»Aber warum?«

Papa ruft: »Der Magolei! Der …«

»Was ist denn schon wieder mit deinem Magolei?«, seufzt Mutter.

»Der hat eine ganz andere Theorie! Für die Sache mit dem Lazarus. Der Magolei sagt: Vielleicht war der Lazarus gar kein richtiger Mensch, sondern eher so ein Vampir! Wie der Dracula.«

»Ihr zwei immer mit eurem Dracula!«

»Die Tante Erna mag den auch, den Dracula!«

»Da kannst du ein Lied von singen!«, ruft das Klärchen. »Die Tante Erna sagt immer, den Dracula, den würde die nicht von der Bettkante schubsen. Der hat so schöne weiße Zähne, sagt die.«

»Ja, aber stellt euch vor!«, ruft Papa. »Wenn das stimmt! Also. Der Lazarus ist ein Vampir! Und Jesus weiß genau: So ein Vampir, der wacht jeden Abend auf von den Toten! Jetzt geht der Jesus da rein in die Grabhöhle und sagt: Komm, Lazarus, nimm deinen Sarg und folge mir nach. Und der Lazarusvampir wacht auf und verdreht die Augen und denkt: Was will denn dieser komische Vogel jetzt schon wieder von mir? Hat man denn vor niemandem seine Ruhe in der Gruft!? Und jetzt sagt der Magolei: Im Grunde genommen muss der Jesus seine Vampire in Jerusalem gut gekannt haben!«

»Warum das?«

»Weil er selber mit den Vampiren sympathisiert hat.«

»Der Magolei?«

»Der Jesus!«

»Wieso?«

»Bei all dem Blut, das seine Jünger später trinken mussten!«

»Paul!«, ruft Irma. »Ist das nicht Blasswienie!?«

»So ein Vampir ist immer blass«, sagt das Klärchen.

Ich spüre auf einmal ein freudiges Glucksen, tief unten im Magen: Tante Erna ist tot, lebt aber noch, und in ein paar Stunden werde ich nach langer Zeit endlich Sibille wiedersehen.

»Irma!«, ruft Papa. »In den Vampirfilmen ist das so: Wenn du das Blut von so einem Vampir trinkst, dann wirst du selber einer!«

»Willst du damit sagen, dass die Jünger vom Jesus alle Vampire geworden sind?«

»Das nicht«, sagt Papa. »Aber immerhin Christen.«

11 Mein Vater. Mein Vater lacht. Mein Vater lacht so gern. Dieses kleine, wie gestaucht wirkende Männlein. Und Mutter hat recht. Was für ein Unterschied gegenüber dem Mann zu der Zeit, da ich selber ein Kind war. Wie groß er damals auf mich wirkte. Mächtig. Ernst. Stolz. Er sprach nicht viel. Beim Essen saß er an seinem Platz, den Arm quer vorm Teller. Den kleinen Finger auf der Kante. So schlürfte er seine Suppe. Nach dem Essen band er eine imaginäre Serviette vom Hals. Zum Zeichen, dass er satt war. Und legte sich auf die Küchenbank. Mittagsschlaf.

Er spielte Fußball mit mir. Er zeigte mir, wie man einen Fahrradschlauch repariert. Ich musste im Garten helfen: Zwiebeln, Erdbeeren, Bohnen, Kartoffeln, Rhabarber. Er nahm mich mit in den Badminton-Verein. Abends las er mir oft vor. Ich lauschte. Gekuschelt habe ich nicht mit ihm. Bin nicht auf seinem Schoß gesessen. Selten nur hat er mich in den Arm genommen. Kann mich nicht daran erinnern jedenfalls. Nein, Zärtlichkeit war für ihn etwas Fremdes, etwas Fernes, wie ein viel zu großes Hemd, das ihm nicht passte.

Dann der Bruch. Mit achtundvierzig. Mitten im Badminton-Training konnte mein Vater nicht weiterspielen. Er bekam keine Luft mehr. Von heute auf morgen. Schweres Asthma. Er verließ die Trainingshalle. Betrat sie nie wieder. Die Liste der Ärzte, die abgeklappert wurden. Hausarzt. Spezialisten. Homöopathen. Naturheilpraktiker. Es wurde nicht besser. Das Einzige, was half: Cortison. Sprays. Tabletten. Spritzen. Die Dosis: hoch. Von diesem Tag an begann das Schrumpfen. Das dreißig Jahre währende Schrumpfen. Vom schweigenden, stolzen, starken Vater zum verletzlichen, gebeugten, stets nach Luft schnappenden Vater. Das Cortison griff seine Knochen an. Raubte den Appetit. Dazu die wachsenden Schluckbeschwerden. Seine Speiseröhre schien verätzt vom ewigen, scharfen Spray: Er aß nicht mehr viel, nahm ab, wurde kleiner, immer kleiner, so kam es mir vor. Parallel wurde ich größer, immer größer. Heute ist er nur noch eine Handvoll Mensch. Fleisch kann er nicht mehr beißen. Am liebsten trinkt er Sondenkost. Das rutscht so gut. Geschmack: Schokolade.

Mit sechzig sah ich Vater zum ersten Mal weinen. Er stand am Bahnhof, sein Körper bebte. Daneben meine Mutter. Die Stärke in Person. Die seine Hand nahm. Und ich? Saß im Zug und winkte. Stumm. Still. In einer seltsamen Kälteglocke. Ich fuhr weg. Zum Studieren. Das einzige Kind. In die Ferne.

Zwei Jahre später, als er zweiundsechzig wurde, da fielen zum ersten Mal seine Worte, die er fortan bei jedem meiner Besuche wiederholen würde.

»Ich weiß ja nicht, wie oft ich dich noch sehe!«

Und er umarmte mich.

Und er hielt mich fest.

»Wie kommst du darauf?«, fragte ich.

Er sagte: »Weil *mein Vater* mit zweiundsechzig gestorben ist.«

Als diese Hürde genommen war und Papa weiterlebte, über den Tod seines eigenen Vaters hinaus, verbesserte sich sein Zustand. Spritzen brauchte er keine mehr. Mit Tabletten und Sprays hatte man ihn gut eingestellt, wie es hieß.

Und mein Vater wandelte sich. Nicht mehr der stolze, starke, mächtige Vater der Kindheit. Auch nicht mehr der verletzliche, kleine, gebeugte Vater der Jugend. Mehr und mehr wurde er zum heutigen Vater: zum lustigen, kichernden Schalkvater für den erwachsenen Sohn. Der Humor hatte immer schon in ihm getickt, jetzt aber explodierte er förmlich: Vater hörte nicht mehr auf mit seinen Witzen und Sprüchen. Zur großen Freude meiner Mutter. Ich glaube, die beiden kommen sich immer näher, je älter sie werden. Endlich sprach mein Vater auch mehr. Sein Leben lang hatte er Mutter reden lassen. Nachdem er den zweiundsechzigsten Geburtstag überlebt hatte, redete er häufiger und begann mit seinen endlosen Witzen. Etwas Hartes, Kaltes war in ihm geschmolzen und gab ihn frei: Papas leuchtenden Kern.

12

Ich stehe an der Haltestelle. Und warte auf Sibille. Es weht ein kühler Wind, und ich knöpfe den Mantel zu. Der Bus hält, Türen schmatzen auf. Sibille entsteigt mit der ihr eigenen Eleganz: eine schöne Frau, Ende dreißig, sie trägt schwarze High Heels, eine enge Lederhose, einen Schweizer Armee-Mantel mit allerhand Buttons, ihre schwarz gefärbten Kleopatra-Haare passen perfekt zu den Smokey Eyes. Als beinah gleichaltrige Sandkastenfreunde (ich bin eineinhalb Jahre älter) haben wir viel miteinander geteilt: erste Doktorspiele, das Untersuchen des fremden, geheimnisvollen Körpers (im Schwimmbad!), das erste Knutschen mit vierzehn Jahren unter einer fusseligen blauen Wolldecke.

Sie: Und was soll daran jetzt so schön sein?

Ich: Keine Ahnung.

Ja, ich mag Sibille, sehr sogar, sie mich auch, das merke ich, aber wahrscheinlich mögen wir uns eher auf der Ebene von Geschwistern. Denke ich mal. Wohl. Hm. Irgendwie. Schon.

»Na, Bruderherz!«, sagt sie und umarmt mich lange. »Schön, dich zu sehen! Bist du auch wegen der Beerdigung hier?«

»Toll siehst du aus!«, sage ich, einen Schritt zurücktretend.

»Ach ja? Danke. Du auch?«

Ich muss schmunzeln, weil sie den Satz als Frage betont.

»Zehn Kilo zu viel?«

Sie war schon immer sehr direkt.

»Fünfzehn«, sage ich, »aber heute früh war ich joggen.«

»Zweihundert Meter?«

»Fünfhundert.«

»Und? Immer noch Single?«

»Ja. Du auch?«

»Klar«, sagt sie. »Ich kann vögeln so viel ich will, das Fliegen lern ich nimmermehr.«

Ich nehme ihr Köfferchen und rolle es hinter mir her.

Wann haben wir uns aus den Augen verloren? So sehr, dass wir nicht mal mehr unsere Handynummern besitzen? Vor fünfzehn Jahren? Und warum eigentlich? Ich weiß es nicht. Vielleicht: Seit Sibille nur noch ganz, ganz selten nach Hause fährt? Zu ihrer Mutter. Oder früher? Es ist nichts Dramatisches passiert zwischen Sibille und mir. Unsere Freundschaft ist nicht mit einem spektakulären Knall zerborsten. Sie ist einfach versiegt.

Sibille fragt mich nach Tante Erna und scheint nicht allzu traurig zu sein. »Hat sie es endlich geschafft«, sagt sie.

Ich schweige. Mich beschleicht ein mulmiges Gefühl. Sibille belügen? Nein. Ich werde ihr die Wahrheit sagen müssen. Besser früher als später.

»Und?«, fragt sie. »Was liest du gerade?«

»*kicker* und *Sportbild.*«

»Ich hatte eher an Bücher gedacht.«

»Was für Bücher?«

»So Dinger mit Buchstaben drin und Seiten zum Umblättern. Eine E-Mail genügt, dann schick ich dir die neusten Werke aus dem Verlag.«

»Auch DVDs?«

»Nö. Was guckst du denn?«

»*The Walking Dead.*«

»Versuch's mal mit *Black Summer.*«

»Worum geht's da?«

»Zombies nach der Apokalypse.«

»Also genau wie bei *Walking Dead*?«

»Andere Hackfressen und schnellere Tote.«

»Danke für den Tipp.«

»Jetzt erzähl doch mal«, sagt Sibille. »Wie kommen

unsere Mütterchen denn auf die Schnapsidee, ins Schnellingers zu gehen!?«

»Keine Ahnung«, sage ich.

»Da waren wir noch nie!«

»Zum Glück!«

»Wir hätten einfach zum Griechen gehen können.«

»Die Sache ist die«, sage ich und hole tief Luft. »Jetzt reg dich nicht auf, Sibille!«

»Warum?«

»Weil … Ich muss dir was sagen!«

»Was denn?«

»Die Tante Erna … also … Ich mach es kurz: Sie lebt noch.«

»Zu viel *Walking Dead* geschaut?«

Ich lache. »Nein«, sage ich. »War die Idee von deiner Mutter. Ich hab's zu spät erfahren. Ich konnte dir nicht mehr Bescheid sagen. Du warst schon im Zug. Da fällt mir ein: Gib mir gleich mal deine Handynummer. Für alle Fälle.«

»Sag mal, was faselst du da eigentlich?«

Ich erzähle Sibille alles, was sie wissen muss. Sie kann es nicht glauben. Und dann ist sie kurz außer sich. Ihre Zornesfalte auf der Stirn pulsiert. Ich gebe mir alle Mühe, sie zu beruhigen. Rede davon, dass sie das Beste aus der Sache machen solle.

»Immerhin sehen wir zwei uns endlich mal wieder«, sage ich. »Ist doch toll, oder? Nach wie vielen Jahren? Fünfzehn? Und: Wir essen im Schnellingers!«

»Vierzehneinhalb«, sagt sie, schließt die Augen, fasst sich mit beiden Händen in ihre Haare, und es platzt ein Wutruf aus ihrer Kehle. Drei Niederkrüchtener drehen sich zu uns um. Sie beruhigt sich und schluckt den Ärger wie eine Pille hinunter.

Dann verändert sich ihre Mimik. Sie denkt nach. Ich kenne diesen Blick. Nach innen gerichtet. Sie hat eine Idee.

»Na warte!«, flüstert sie im Tonfall einer bösen Hexe.

»Was denn?«

»Spielst du mit?«

»Wobei?«

»Wir tun so, als hättest du's mir nicht verraten!«

»Was?«

»Dass Tante Erna noch lebt.«

»Wieso?«

»Ich will meine Mutter mal ein bisschen ins Schwitzen bringen. Machst du mit?«

»Bleibt mir was anderes übrig?«

»Nein.«

»Na dann: okay.«

»Also: Hör mir mal gut zu!«

13

Wir werden schon erwartet. Geschniegelt und gespornt stehen Klärchen und Irma vor unserer Tür. Beide tragen schwarze Hosen. Mamas Birkenstock-Latschen und Klärchens Turntreter haben sie gegen flache schwarze Schühchen getauscht. Beide klammern sich an ihre Handtaschen. Klärchens Dutt ist von Harakiri-Nadeln durchstochen. Neben Mutter steht der grüne Käfer, abfahrbereit.

»Ach, du ahnst es nicht!«, sagt Sibille und bleibt kurz stehen. »Die wollen aber jetzt nicht allen Ernstes mit dem ollen Käfer dahin fahren, oder?«

»Ich fürchte schon«, sage ich.

»Hast du dein Testament gemacht?«

Mutter lässt niemanden ans Steuer ihres Käfers. An ihrem Käfer kleben so viele Erinnerungen, sagt sie. Ein regelrechter Oldtimer. Dritter Motor. Alles hat Mama getan, um den Käfer nicht zu verlieren. Sie besitzt ihn seit vierzig Jahren. Den gibt sie nicht ab, sagt Mutter immer. Sie kann sich von allem trennen, und ihr Herz hängt an nichts! Aber den Käfer gibt sie nicht ab. »Am liebsten«, sagt Mutter gern, »würde ich mich im Käfer begraben lassen! Ich will den alten Magolei längst schon mal fragen, ob das eigentlich Pflicht ist, sich in einem Sarg begraben zu lassen! Oder ob man mich nicht auch einfach ins Grab rollen kann, wenn ich in meinem Käfer sitze!«

»Mit dem Käfer zu den Käfern!«, sagt Papa dann immer.

Ich streiche dem Käfer über den Buckel. Mutter hat recht. Die Erinnerungen kleben an ihm. In Schichten. In vielen schillernden Schichten. Wenn wir mit Sibille und dem Klärchen und der Tante Erna zusammen in den Krefelder Zoo gefahren sind, mussten Sibille und ich uns in den winzigen Zwischenraum legen, hinter der Rückbank, weil der Käfer zu klein war für sechs Personen. Eng war das, aber schön und schwitzig. Kam ein Polizeiauto, hat Tante Erna immer gerufen: Achtung, Offiziere! Und wir mussten uns ducken, damit die Polizei uns nicht sah.

Das Klärchen freut sich unfassbar, als Sibille auf sie zukommt, aber sie darf es nicht richtig zeigen, sie muss so tun, als wäre sie traurig, weil die Tante Erna ja angeblich tot ist.

»Da müssen wir Haltung bewahren«, hat Klärchen noch am Mittagstisch gesagt.

Ich sehe, Klärchen gibt sich wahnsinnig viel Mühe,

bekümmert zu gucken. Aber darunter schimmert in ihren Augen jede Menge Herz. In der Umarmung mit Sibille, Wange an Wange, strahlt sie frei und offen heraus, und ich denke: Wie merkwürdig. In der Umarmung können wir so schauen, wie wir uns fühlen. Weil der andere unsere Augen nicht sehen kann.

»Und? Wie is et?«, fragt das Klärchen und tritt einen Schritt zurück.

»Mhm«, sagt Sibille. »Und bei dir?«

»Mhm.«

»Das tut mir leid mit der Tante Erna«, flötet Sibille, und ich sehe, wie sehr sie sich Mühe gibt, so zu tun, als wüsste sie von nichts. »Wie ist sie denn gestorben?«

Klärchen schaut zu Irma und hustet. »Ja, wie man halt so stirbt, Sibille.«

»Ach so.«

Das Klärchen ruft: »Wir müssen los. Es ist Viertel vor sechs. Der Tisch ist bestellt. Die Irma fährt uns.«

»Nein«, sagt Sibille.

»Doch«, ruft das Klärchen. »Wir fahren mit Irmas Auto.«

»Soll *ich* nicht lieber fahren, Irma?«, fragt Sibille.

»Ach, Kind«, sagt Mutter, »du weißt doch, ich lasse niemanden ans Steuer.«

Auch Papa steht in der Tür und begrüßt Sibille, er

nimmt ihr Köfferchen entgegen und schaut zu, wie wir alle in den Käfer krabbeln, Sibille und ich sitzen hinten, das mächtige Klärchen auf dem Beifahrersitz. Papa schüttelt den Kopf. Er winkt mit einer DVD. Magoleis Vampirfilm. Dann geht er ins Haus. Ich seufze ihm zu. Aber er sieht mich nicht mehr.

14

»Wo geht es denn hin?«, fragt Mutter, nachdem sie den Motor gestartet hat. »Die Uhr tickt, meine Herrschaften.«

»Nach Dülmenhorst«, sagt das Klärchen. »Das weißt du doch.«

»Ja, schon. Aber wo liegt das?«

»Ach«, sagt das Klärchen, »ich dachte, du kennst dich aus.«

»Ich?«, sagt Mutter. »Woher denn? Ich war noch nie im Schnellingers.«

»Macht nichts«, sagt Sibille, »mein Smartphone hat ein Navi.«

Sibille googelt das Schnellingers und drückt auf *Route.* Eine weibliche Stimme sagt, dass wir auf die nächste befahrbare Straße müssen.

»Ist die betrunken?«, fragt Mama. »Wieso spricht die denn so komisch? Bist du sicher, dass die weiß, wo wir hinmüssen?«

»Das ist ein Computer«, sagt Sibille.

»Steckt die etwa mit dem Internet unter einer Decke?«

Sibille schaut zu mir herüber.

Wir biegen in die Erkelenzer Straße ein.

Klärchen ruft: »Guck mal, wer da ist, Irma, siehst du die?«

»Nein«, sagt Mutter, »ich hab meine Brille vergessen.«

»Die Heckenbart Marta. Dass die sich noch aus dem Haus traut! Die ist doch vor ein paar Wochen erst fies gefallen!«

Die Stimme aus dem Smartphone sagt: »An der nächsten Kreuzung rechts abbiegen.«

»Darfst du denn überhaupt noch fahren, so ganz ohne Brille?«, fragt Sibille.

»Och, danke der Nachfrage«, strahlt meine Mutter. »Ich seh noch vierzig Prozent auf dem rechten Auge und sechzig Prozent auf dem linken. Das macht zusammen hundert Prozent.«

Sie lacht ihr wunderbar lautloses Lachen, ganz so, als atmete sie nur die Luft aus und hauchte ein lang gezogenes Hhhhh.

Klärchen aber stößt sie in die Seite. Mutter beißt sich auf die Lippe. Ich versetze mich in ihre Lage. Tante Erna ist tot! Das kann man schon mal vergessen. Wenn sie eigentlich noch lebt! Aber Sibille denkt, dass sie tot ist. Da darf man keine Witze machen! Zumindest nicht so viele wie sonst.

»Greif mal in die Handtasche«, sagt Irma. »Da liegt immer meine Ersatzbrille drin.«

Klärchen wurstelt Mamas Brille aus dem Etui und setzt sie ihr auf die Nase.

Das Navi sagt: »Nach fünfhundert Metern bitte rechts halten. Dann in den Kreisverkehr fahren. Den Kreisverkehr an der dritten Ausfahrt wieder verlassen.«

»Das ist aber kompliziert«, stöhnt Mutter.

»Das ist ganz einfach, Mama. Du fährst um sechs Uhr in den Kreisverkehr rein und um neun Uhr wieder raus.«

»Aber wir haben den Tisch bestellt auf halb sieben!«

Wieder ein Stoß von Klärchen, die aber selber kichern muss.

»Nein«, sage ich, »ich meine, man fährt von unten in den Kreisverkehr rein und links wieder raus.«

Wir fahren dreimal im Kreis, dreimal rufe ich »Jetzt!«, beim dritten Mal klappt es endlich.

Die Stimme sagt tonlos: »Nach einem Kilometer links abbiegen, auf die Autobahn.«

»Wieso denn Autobahn?«, ruft Mama.

Niemand antwortet.

»Ich bin seit zwanzig Jahren nicht mehr Autobahn gefahren!«

Stille.

»Soll *ich* nicht besser ans Steuer?«, frage ich.

Aber Mutter biegt schon ab.

»Immer diese Serpentinen!«, ruft sie. »Dass die das nicht anders bauen können! Was ist denn das hier?«

»Das hier«, ruft Sibille, »ist der Beschleunigungsstreifen!«

»Heißt das so?«

»Du musst jetzt einfädeln!«

»Ich kann doch beim Fahren nicht auch noch nähen!«

»Irma!«, ruft Sibille. »Gib Gas!«

»Langsam, langsam! Was hupt der denn hinter mir?«

»Du fährst sechzig!«

»Ich fahr nicht schneller, als ich ausseh.«

Sibille und ich halten uns gegenseitig fest. Ich tupfe mir mit der freien Hand ein wenig Schweiß von der Stirn.

15 Unser Käfer. Unser grasgrüner Käfer. Mein Kindheits-Käfer. Gab es mal einen Wolkenbruch, stand mir auf der Rückbank das Wasser immer bis zu den Knöcheln. Dennoch: Wir sind mit dem Käfer in Urlaub gefahren, damals noch ohne Anschnallpflicht. Die Gurte hat meine Mutter erst später einbauen lassen müssen. Wir fuhren nach Österreich und später oft nach Frankreich, nach Nernier, ein Fischerdörfchen am Genfer See. Und wir haben nie eine Panne gehabt. Mit dem Käfer. Wir fuhren immer für satte drei Wochen. Und meistens haben wir Sibille mitgenommen.

Diese endlos langen Fahrten. Auf der Rückbank. Liegend oft. Die nackten Fußsohlen pappten schwitzig an den Fenstern. Wir winkten den Leuten. Die uns überholten. Mit den Füßen winkten wir. Dieser scharfe, stechende Benzingeruch an den Tankstellen, von dem mir schlecht wurde. Das Kotzen. Die Tüte mit dem ätzenden Magensaft, der hin und her schwappte, kleine Bröckchen wie Inseln umspülend. Das Dösen. Reise, die nicht enden will. Die Schläfe an der kühlen Scheibe. Wenn Sibille an mir zupfte, während ich träumte, weil sie irgendetwas spielen wollte, brummte ich, und sie sagte: »Dann halt nicht!«

Einmal, auf der Fahrt nach Nernier, kurz vor dem Ziel, hatte mein Vater einen Asthmaanfall, mitten in Frankreich, am Steuer. Er bekam einfach keine Luft mehr. Von einer Sekunde zur nächsten. Das Atmen wie abgeschnitten. Er musste den Käfer an den Straßenrand lenken. Er japste. Vater japste. Mutter kramte nach dem Spray. Mein Vater pumpte. Zweimal. Dreimal. Aber das Spray half kaum. Es gab nur eine einzige Rettung: sofort ins Krankenhaus. Mitten in Frankreich.

Wir befanden uns zwischen Evian und Thonon-les-Bains. Meine Mutter wechselte ans Steuer, mein Vater kroch zu mir auf die Rückbank. Er setzte sich quer ins Auto, den Rücken an die Seite gelehnt, Füße hoch. Das war besser für ihn. Ich quetschte mich zusammen, Sibille kroch in die Rückraumspalte des Käfers. Meine Mutter gab mächtig Gas. Sie war verzweifelt, weil sie nicht wusste, wohin. Und dann hielt sie an. Einfach so. Auf offener Straße. Mitten in der Stadt. Sprang aus dem Auto und eilte zum nächstbesten Mann, der über die Straße ging, mit Aktentasche, grauem Anzug und Hut. Ich hörte durch die geöffnete Tür, wie meine Mutter immer wieder rief: »Hospitall! Hospitall! Hospitall!«

Der Mann wies in eine Richtung.

Da legte meine Mutter ihm die Hände an die Schultern und rief noch einmal: »Hospitall! Hospitall! Silverplääät! Silverplääät!«

Und wenn Mutter später die Geschichte erzählte, schmunzelte sie über ihr niederrheinisch-französisches Bitte: Aus dem S'il-vous-plaît machte sie eine silbern funkelnde Plääät, eine Glatze im Dialekt, eine Silberglatze.

Es geschah das Ungeheuerliche: Der Mann stieg bei uns ein. Auf den Beifahrersitz. Einfach so. Mit Tasche und Hut. Der ganze Mann. Er war noch nicht alt. Vielleicht vierzig? Und er fuhr mit uns mit. Und gab Kommandos: »Tout droit! À droite! À gauche!«

Niemals werde ich diese lauten Worte vergessen. Dazu wedelte er mit den Händen in die entsprechende Richtung. Ging um Leben und Tod. Geradeaus. Rechts. Links. So einfach. Wenn man sich auskennt. Geradeaus. Rechts. Links. Richtung Krankenhaus.

Ich saß hintendrin bei meinem Vater. Sein Gesicht lief immer mehr an. Wurde rot und blau und blauer. Seine Brust fiepte wie ein Blasebalg. Dennoch blieb er stark. Er pumpte. Sein Spray wirkte nicht. Mein Vater blieb ruhig. Unwahrscheinlich ruhig. Er behielt den Überblick. Schaute sich im Wagen um. Zeigte auf das gelbe Wörterbuch. Das in der Hektik auf den Boden des Käfers gerutscht war. Ich hob es auf. Dann bekam er einen neuen Hustenanfall. Einen Hustenanfall in der Stärke eines alles verdunkelnden Unwetters, ein Unwetter wie ein Weltuntergang, wie ein Menschuntergang.

Todesangst kannte ich schon: von meinem Blinddarmdurchbruch. Hier, in Frankreich, erlebte ich zum ersten Mal die Angst um das Leben eines anderen Menschen: meinen Vaters. Und von diesem Augenblick an wusste ich, wie sehr ich ihn liebte. Und dass sich dies niemals in meinem Leben ändern würde.

16

Ich werde mitten aus meinen Erinnerungen gerissen. An der spannendsten Stelle. Neben mir: nicht mein Vater, sondern Sibille. Auf dem Beifahrersitz: nicht der Franzose, sondern das Klärchen. Nur eines ist gleich. Mutter hält das Lenkrad. In der Erinnerung genau wie jetzt.

»Ach du Schande!«, schnauft Sibille.

»Was?«

Sie deutet aus dem Fenster.

Ein Polizeiauto fährt an uns vorbei und setzt sich auf die rechte Spur, dicht vor uns. Eine Anzeige leuchtet auf.

»Was steht denn da?«, fragt Mutter. »Ich kann das nicht lesen!«

»Polizei. Bitte folgen.«

»Was? Das darf doch nicht wahr sein! Die größten Ganoven lassen die laufen, und uns halten die an?«

Mutter folgt den Polizisten auf den nächsten Rastplatz, dreht sich zu Sibille und mir um und sagt: »Jetzt passt mal auf, wie man das macht!«

Ein Polizist steigt aus und nähert sich. Er tritt an

unser Auto. Mutter kurbelt die Scheibe runter und sagt: »Wir hätten gern vier Mal Currywurst mit Pommes und Salat.«

Der Polizist verzieht keine Miene.

»Och, Herr Offizier«, sagt Mutter und lacht, »das ist doch nur ein Witz, kennen Sie den nicht? Aus diesem lustigen Film mit dem Murmeltier. Das wollte ich immer schon mal machen, wenn mich ein Polizist anhält. Aber normal hält mich ja keiner an. Was gibt es denn Schönes? Wir haben nicht viel Zeit. Wir müssen in einer halben Stunde in Dülmenhorst sein, in einem Sternerestaurant, da haben wir einen vornehmen Tisch bestellt.«

»Die Papiere bitte!«

»Welche Papiere denn?«

»Führerschein und Fahrzeugschein.«

»Der Führerschein liegt bei mir in der Kommode, damit ich den nicht verlier, wenn ich unterwegs bin. Und was meinen Sie mit Fahrzeugschein?«

»Haben Sie was getrunken?«

»Nur die zwei Flaschen Sekt heute Morgen.«

»Steigen Sie bitte aus.«

»Herr Offizier, Sie verstehen auch keinen Spaß, oder?«

Der Polizist öffnet die Tür, und Mutter steigt aus.

»Haben Sie einen Personalausweis dabei?«

»Nein danke«, sagt Mama, »aber ich bin schon über achtzehn, das können Sie mir glauben.«

Auch ich kraxle aus dem Käfer, ich zeige dem Polizisten meinen Ausweis und sage, die Dame sei meine Mutter. Der Polizist schaut mich an, mit einem wissend-seufzenden Nicken, er geht mit meinem Ausweis zu seinem Wagen, er setzt sich einen Augenblick hinein. Als er zurückkommt, hat er ein Röhrchen dabei, in das Mutter pusten muss.

»Herr Offizier!«, ruft sie. »Dass ich das noch erlebe!«

Dann soll sie auf einer Linie entlanggehen.

»Das brauch ich gar nicht erst zu versuchen«, sagt Mutter, »das klappt nicht mehr in meinem Alter. Außerdem hab ich meine Sandalen nicht an. Aber was ist denn eigentlich los? Bin ich zu schnell gefahren?«

»Nein«, antwortet der Polizist. »Zu langsam. Zu schlingernd.« Und zum Klärchen sagt er: »Sie sind nicht angeschnallt?«

»Nee«, sagt das Klärchen. »Das tu ich nicht. So lange Gurte, wie ich die brauche, die gibt es auch gar nicht.«

»Also«, sagt der Polizist, »muss ich ein Bußgeld erheben.«

»Das mit der Buße darf nur der Pastor Kasper.«

»Das ist gefährlich. Wir denken nur an Ihre Sicherheit. Einen Airbag hat der Käfer wohl auch nicht?«

Da legt das Klärchen die Hände auf ihren Bauch und sagt: »Ich hab meinen eigenen Airbag immer dabei.«

Der Polizist schmunzelt jetzt zum ersten Mal.

Es ist, als knackte eine Kruste auf in seiner Miene. So richtig böse kann er den Damen nicht sein. Ich sehe, wie er in seinem Kopf kurz durchspielt, all das nach Feierabend einem Kumpel zu erzählen. Er fragt mich, ob *ich* nicht weiterfahren kann. Ich nicke ihm komplizenhaft zu. Der Polizist sagt, dass Mutter sich melden müsse, auf dem Revier, am Montag, mit all ihren Unterlagen. Mama schickt er auf die Rückbank. Sie ist bleich und schweigt, als sie nach hinten klettert. Es ist, als beträte sie eine Gefängniszelle. Ich weiß nicht, ob sie jemals in ihrem Leben dort gesessen hat, auf der Rückbank ihres geliebten Käfers.

17

Im Restaurant nimmt man uns Jacken und Mäntel ab. Wir werden an den Tisch geführt. Ein Kellner bringt uns Karten.

»Ich verstehe kein Wort!«, sagt Mutter. »Soll das Französisch sein? Oder Italienisch? Wissen Sie was? Ich glaube, ich nehme den Karpfen. Weil: Ich esse immer gern Fisch, aber kochen kann ich den selber nicht so gut.«

»Welchen Karpfen meinen Sie?«, fragt der Kellner.

»Den Karpfen hier. Ist das Italienisch? Carpaccio?«

»Entschuldigung. Carpaccio. Das ist … zart geschnittenes Rindfleisch, blutig und kalt.«

»Können Sie das nicht warm machen?«, ruft das Klärchen.

»Empfehlen kann ich auch die Kalbsnierchen.«

»Nein«, sagt Mama, »der Paul hat erst vor einem halben Jahr den Nierenstein gehabt. Da ist der die Wände hochgegangen, so weh hat das getan.«

»Nur heute«, sagt der Kellner, »gibt es marinierte, frisch aus Málaga eingeflogene, an Zimtäpfeln gereichte Stierhoden.«

Ich zucke zusammen.

»Wie bitte!?«, rufen Klärchen und Mama wie aus einem Mund.

Die Leute drehen sich zu uns um.

»Ja«, sagt der Kellner, »eine unserer Delikatessen.«

Ich verstecke mich so gut es geht hinter der Karte.

Das Klärchen zischt: »Wir essen doch nichts, was vorher, also, womit man, also, so ein fieser Stier, ich sag mal, die arme Kuh, das kann man ja gar nicht aussprechen.«

Der Kellner hustet und sagt schnell: »Beliebt ist auch unser Aspik-Schweinefuß im Blätterteig-Strumpf.«

»Könnten Sie das bitte wiederholen?«, sagt Mutter.

»Aspik-Schweinefuß im Blätterteig-Strumpf.«

»Also«, sagt das Klärchen, »das finde ich jetzt aber mal richtig schön von Ihnen, dass Sie den armen Tieren Strümpfe anziehen an die nackten Füße. Wissen Sie, wenn ich eins ganz und gar nicht ausstehen kann in meinem Leben, dann sind das nackte Füße ohne Strümpfe … Ach du Schande! Das wollt ich dir noch sagen! Sibille! Dein Chef! Dein Verleger! In München!«

»Was ist mit dem?«, fragt Sibille.

»Letzte Woche, Sibille, da war der im Fernsehen! Dein Chef! Das hast du mir doch vorher gesagt. Am Telefon.«

»Ja. Bei 3SAT!«

»Genau! In dem Interview da.«

»Und?«

»Wie heißt der noch gleich? Dein Chef. Lende heißt der doch! Lende. Oder? Lende. Genau. Ist ja egal.«

»Lendle«, haucht Sibille.

Das Klärchen beachtet den Einwurf nicht.

»Da sitzt der Lende im Fernsehen, dein Chef, und dann schlägt der doch glatt die Beine übereinander. Und da hat der gar keine Strümpfe an! Stell dir das mal vor! Im Fernsehen! Vor laufender Kamera! Schuhe hat der an, aber keine Strümpfe in den Schuhen! Ich denk, mich trifft der Schlag. Das kannst du doch nicht machen als Verleger, ohne Strümpfe im Fernsehen. Und da hab ich sofort Strümpfe gestrickt. Und ich hab der Irma gesagt: Wenn die Sibille irgendwann mal kommt, dann geb ich der gleich die Strümpfe mit. Für den Lende. Da musst du mich dran erinnern. Wenn wir zu Hause sind.«

Der Kellner hustet.

»Ach«, sagt das Klärchen, »Herr Ober, das ist richtig lieb von Ihnen, dass Sie Ihren Schweinen hier Strümpfe anziehen. Weil, wenn Sie das nicht gesagt hätten mit den Schweinefüßen und den Strümpfen, hätte ich auch glatt die Strümpfe vergessen, für die Schweinefüße von dem Lende.«

Der Kellner sagt: »Also Schweinelende hätten wir auch.«

Klärchen ruft: »Wunderbar! Nehmen wir. Was, Irma?«

Mama nickt heftig.

Sibille und ich nicken auch.

»Vier Schweinelenden. Sehr wohl.«

»Ach, was ist das schön«, sagt das Klärchen, »jetzt kriegt der Lende seine Strümpfe und ich kriege meine Lende.«

Und ich denke: Wie wunderbar das Leben doch sein kann, wenn sich alles wie von Zauberhand fügt, das mit den Schweinen, den Füßen, den Lenden und den Strümpfen.

Doch schon erscheint ein anderer Mann.

»Einen angenehmen Abend wünsche ich«, sagt er. »Mein Name ist Nikolas Trinker, ich bin der Sommelier.«

»Der was?«, fragt das Klärchen.

»Der Sommelier«, sagt der Mann.

»Und?«, fragt das Klärchen. »Wofür sommeln Sie denn?«

»Wie bitte?«

»Wofür sammeln Sie denn?«

Der Mann guckt mich an. Ich schaue haarscharf an ihm vorbei.

Das Klärchen sagt: »Also, das finde ich schon eine Nummer, in so einem feinen Restaurant, noch vor dem Essen, kommt also jemand, der sammelt, ich hab also nichts dagegen, dass ...«

Ich sage: »Der Sommelier ist uns behilflich bei der Auswahl der Weine.«

»Aha«, sagt Mutter. »Also deshalb heißen Sie Trinker?«

»Wir vertrauen Ihnen voll und ganz«, sage ich schnell zum Sommelier. »Wählen Sie doch bitte einen Wein für uns aus. Rot. Trocken. Gut bekömmlich. Für mich nur Wasser bitte. Ich muss noch fahren.«

»Sehr wohl.«

Als der Sommelier verschwunden ist, sagt Sibille: »Na, ihr zwei! Ihr seid ja richtig gut drauf.«

»Was?«

»Wenn man bedenkt, dass Tante Erna gerade erst gestorben ist.«

Mit diesem Satz tritt eine gewisse Ernüchterung ein. Mutter und Klärchen schauen sich an. Sie versuchen jetzt sichtlich, sich zusammenzureißen. Und Mutter hält sich zurück. Sie weiß ja, dass ihr Klärchen hier sitzt, um endlich mit Sibille zu reden.

18

»Dann sag mir doch mal: Wie geht es dir, Sibille?«, fragt das Klärchen. »Alles in Ordnung?«

»Mhm.«

»Und was macht der Verlag?«

»Expandiert.«

»Das tut mir leid.«

»Nein. Wir werden viel größer gerade. Wir bauen ein nagelneues Verlagsgebäude.«

»Und wie weit seid ihr?«

»Die gießen gerade das Dach.«

»Einen Dachgarten habt ihr auch?«

»Die *gießen* das Dach.«

»Hat es denn so lange nicht geregnet bei euch?«

»Gießen. Aus Zement. Das wird ein Flachdach.«

»Ein Flachdach?«

»Ja.«

»Wie sieht das denn aus?«

»Flach eben.«

»Flach oder eben?«

»Ist doch dasselbe.«

»Und welche Farbe hat das Dach?«

»Keine Ahnung.«

»Aber du musst doch wissen, welche Farbe das Dach hat.«

»Das sieht man doch nicht, wenn man unten steht.«

»Und wann baust du selber ein Haus?«

»In München, Mama?«

»Ist das teuer?«

»Ein bisschen.«

»Du brauchst nur einen reichen Ehemann, sag ich immer.«

Sibille seufzt. Ich schaue zu ihr und merke, wie sie die Zeit einatmet, die Zeit hier, im Restaurant, die Zeit mit ihrer Mutter. In jedem Zipfel ihrer Blicke ist immer noch zu lesen: Sie gehört nicht hierher. Sie ist anders. Anders als – Niederkrüchten.

*

»Ich bin hier falsch abgeworfen worden!«, hat mir Sibille mit vierzehn einmal gesagt. »Vielleicht bin ich ein Alien. Aus dem Weltall, zack, hierhin, nach Niederkrüchten«, hat sie gesagt. Sie und ihre Eltern? Wie das gehen solle? Freddy Quinn und Dead Kennedys? *Junge, komm bald wieder* und *Kill the Poor*? *La Paloma* und *Too drunk to fuck*? Weitaus mehr als pubertäre Ausbrüche: eine elementare Schlucht zwischen ihr und den Eltern, zwischen ihr und dem Dorf.

Sibilles Andersartigkeit reichte weit tiefer als alles, was ich kannte. Sie brauchte das Äußere nicht, um anders zu sein, sie war ganz und gar und *innerlich* anders. Einfach ein Mensch, der sich nicht vereinnahmen lässt. Ich glaube, das ist ihre Natur. Jemand, der stets tut, was er selber will. Mit fünfzehn hing sie gern ab mit den drei Schul-Punks, aber sie trug weder Springerstiefel noch Kutte oder Iro, sie hatte nicht mal lila oder pinke Haare. »Ich brauch keine Uniform für die Leute«, hat sie mir damals gesagt. »Weder für meine Alten noch für die Punks. Ich bin im Herzen Punk, das reicht.« In der Schule war sie immer bei den Besten, aus einem einzigen Grund: um das Abi machen und zum Studieren abhauen zu können. »Möglichst weit weg von hier«, hat sie immer gesagt. Hätte so gern in London gelebt. In New York. Stattdessen lebte sie in Niederkrüchten. Das Wort Niederkrüchten sprach sie immer aus, als sähe sie gerade eine fette Spinne an der Wand.

»Diese kleine heile Welt«, sagte sie mal mit siebzehn. »Alles falsch und schal. Das *schal* steckt schon im *falsch* drin. Auch das *lasch* und der *Schlaf* und die *Flasche*, die man wird oder trinken muss, um das alles auszuhalten, nicht zu vergessen der Hauptwort-*Schal*, mit dem man sich aufhängt hier.« Immer schon ist sie ein Sprachmensch gewesen, meine Sibille, von Anfang an. Wörter, Bücher, Geschichten. Dass sie Lektorin wurde, hat mich nicht gewundert. Sie brauchte das Andere und das Fremde wie den Atem zum Leben, sie mochte es, infrage gestellt zu werden und sich immer wieder von vorne zu erfinden in einer überbordenden Offenheit für neue Menschen und Geschichten. Vielleicht klafft hier der Abgrund zum Leben ihrer Mutter: In Niederkrüchten gibt es immer dieselben Geschichten, in Niederkrüchten hört man immer denselben Ton, in Niederkrüchten trifft man immer dieselben Menschen. Aber das sind nur Vermutungen. Vielleicht gibt es einen ganz anderen Grund für das, was Sibille und ihre Mutter trennt, etwas, wovon ich gar nichts weiß.

*

»Ach«, sagt das Klärchen jetzt. »Ich hab viel falsch gemacht, oder?«

Sibille zuckt mit den Schultern. »Wir alle«, sagt sie. »Und du? Wie geht es dir?«

»Och«, sagt das Klärchen. »Man lebt so vor sich hin.«

»Mhm.«

»Man ist ja froh, wenn man noch das eine oder andere kann.«

»Und was?«

»Ich kann noch sitzen und mich ausruhen.«

»Mhm.«

»Und liegen. Und schlafen.«

»Gehst du mal spazieren?«

»Seh ich so aus?«

»Kaum.«

»Nur wenn die Irma mich bedrängt.«

»Du musst dich bewegen«, sagt Sibille.

»Warum das denn?«

»Ist gesund.«

»Och, in meinem Alter macht man nichts mehr, was gesund ist. In meinem Alter macht man nur noch Sachen, die schmecken.«

»Und dein Cholesterinspiegel?«

»So eitel bin ich nicht. Dass ich einen Spiegel brauch.« Sie schniefte und lachte kurz.

»Aber zum Friedhof gehst du schon noch?«

»Jeden Samstag. Die Irma hilft mir. Mit dem Unkraut. Weil bücken kann ich mich nicht mehr. Das fährt mir schon mal ins Kreuz. Und in die Knie. Aber das Grab vom Papa ist tipptopp in Schuss. Da kann der nicht meckern.«

»Aber sonst geht es dir gut?«

»Ja. Nur das mit der Haut ist so eine Sache. Der Ausschlag. Der geht aber weg, wenn ich nicht dran denke. Und die Augen. Sind auch nicht mehr so gut wie früher. Und der Magen. Die Gicht. Die Kurzatmigkeit.«

»Vielleicht machst du mal eine Diät, Mutter?«

»Was denn für eine Diät?«

»Intervallfasten.«

»Ich hör immer nur: Fasten!«

»Sechzehn – Acht heißt das.«

»Und?«

»Du darfst sechzehn Stunden lang nichts essen.«

»Sechzehn Stunden?«

»Ja.«

»Dann bin ich verhungert. Nee, wenn ich jetzt nicht lebe, wann denn dann?«

»Und hast du mal ein Buch gelesen?«

»Die Pilcher, die guck ich gern. Was die da sagen, in den Filmen, ist immer dasselbe, aber die Landschaft ist so schön. Mensch, ich bin richtig froh, dass du da bist, Sibille.«

»Wann warst du das letzte Mal in München?«

Das Klärchen schwieg.

Sibille: »Weil du dich immer beschwerst, dass ich nie nach Niederkrüchten komme.«

Das Klärchen: »Ich pass ja gar nicht mehr durch die Tür von so einem Zug.«

In diesem Augenblick erscheint der Ober und sagt beschwingt, fast singt er es: »Ein kleiner Gruß aus der Küche.«

»Das ist aber nett«, sagt Mutter. »Gruß zurück!«

»Ein Wachtelherz in Safran-Jus mit Wachholder-Kapuze.«

»Können Sie gleich wieder mitnehmen«, sagt Mutter. »Dem armen Tier einfach das Herz rausreißen! Das ist nichts für mich!«

Danach reden wir.

Über dies und das.

Die Lenden kommen.

Und wir vertilgen sie.

19

Nach dem Essen steht Sibille auf. »Ich geh eine rauchen«, sagt sie. »Kommst du mit?«

Draußen stehen wir allein. Sibille steckt sich eine Zigarette an. Hält mir die Packung hin. Ich schüttele den Kopf. Sie nimmt einen tiefen Zug. Schaut mich an. Lange. Lächelnd. Steht dort, an die Wand gelehnt, das eine Bein angewinkelt, dann löst sie sich von der Wand und gibt mir einen Kuss: Sie legt einfach ihre Lippen auf meine. Ich bin völlig überrascht. Der Kuss kommt aus heiterem Himmel. Nichts hat diesen Kuss vorbereitet, nichts hat ihn angedeutet. Sibille hat ihre linke Hand um meinen Nacken gelegt. Ich erwidere den Kuss nicht, ich beobachte ihn, viel zu erstaunt. Sibille trennt ihren Mund von meinem, geht zurück an die Wand, lehnt sich wieder an, nimmt einen Zug aus der Zigarette, dann aber zwinkert sie mir zu.

»Was war das denn?«, frage ich.

»Unser Verlobungskuss«, sagt Sibille, ohne mit der Wimper zu zucken. »Weißt du nicht mehr?«

Ich schüttele den Kopf, obwohl ich es ganz genau weiß.

»Wir haben einen Vertrag gemacht! Damals. Als ich fast siebzehn war! Und du schon achtzehn. Einen Pakt. Komm schon. Sag nicht, du hast das vergessen?«

Ich tue so, als würde ich mich langsam erst erinnern.

Sibille sagt: »In dem Vertrag stand drin: Wenn keiner von uns im Alter von vierzig Jahren verheiratet ist, dann heiraten wir uns gegenseitig.«

»Ehrlich?«

»Ja. Mensch. Unser Backup-Plan! Tu doch nicht so!«

»Und … und … willst du … jetzt … also …«

»Genau wie Ross und Rachel. In *Friends.*«

»Das heißt … wir …«

Sibille lacht. »Quatsch!«, ruft sie. »Du siehst ja aus, als hättest du ein Gespenst gesehen. Aber, hej! Mann! Wär die Vorstellung so schlimm? Mich zu heiraten? Außerdem: Ich bin erst neununddreißig.«

Dann lässt sie ihre Zigarette fallen und geht noch einmal auf mich zu. Dieses Mal bin ich vorbereitet. Der Kuss schmeckt nach Zigarette und Kindheit und nach Verlust und Traurigkeit, nach Heimat und Ferne, nach Benzin und Spinnen und nach den Fusseln einer blauen Wolldecke. Ich atme den Kuss in mich ein. Sibille löst sich und schaut mich erstaunt an.

»Tut mir leid«, sagt sie. »Bin ein bisschen beschwipst. Dann werd ich sentimental.«

*

Den Vertrag habe ich nicht vergessen. Ganz im Gegenteil. Ich kann mich an alles erinnern. Haargenau. Ich sehe es vor mir, wie wir damals in allergrößter Hitze auf die Räder sprangen und zum Krickenbecker See strampelten, zwanzig Kilometer entfernt. Nach einer Stunde waren wir schon da, vom Schweiß verklebt, ein satter Hochsommer, wir zogen unsere Klamotten aus, sprangen hinein an einer Stelle, an der es keine Leute gab, ahnten noch nicht, dass dies ein Fehler war, denn abgelegen bedeutet unbeobachtet, und unbeobachtet bedeutet Gefahr. Wir schwammen durch den See, ganz nackt, und diese Nacktheit hat uns nie etwas ausgemacht, ein natürliches Band zwischen uns, von Kindesbeinen an. Natürlich hat man uns gewarnt vor den Gefahren eines Sees, vor Unterströmen und Strudeln, vor möglichen Krämpfen, und natürlich wussten wir um die lange Liste der in solchen Seen ums Leben gekommenen Schwimmer, aber wir dachten: Uns kann das nicht passieren. Wir schwimmen wie die Weltmeister. Wir sind jung. Wir sind zu zweit. Das wird schon gut gehen. Umso überraschter war ich, als Sibille plötzlich mit einem lauten, blubbernden Schrei einfach so unterging und nur noch ihre Hände kurz aus dem Wasser ragten wie wedelnde Hilfezeichen, und ich kraulte sofort zu ihr hin, doch da war sie schon voll und ganz verschwunden, und ich tauchte wie eine Robbe, konnte aber unter Wasser nichts erkennen, in der trübgrünen Algenwelt des Sees, musste wieder auftauchen, doch niemand dort, mein Herz, die Kälte, das Wasser, meine sinnlosen Rufe, Rufe nach Hilfe, Rufe nach Sibille, mein zweiter Tauchgang ohne Erfolg, mein panisches Um-mich-Schauen, und die Sekunden, die zerflossen wie nichts. Und dann brach sie plötzlich aus dem Wasser, Sibille, hatte mehr als eine Minute die Luft angehalten, in der Unterwelt, und ich hörte sie prusten und dachte noch, sie hat sich selbst aus den Armen der Strömung gerissen, dann aber sah ich ihre Augen und merkte, dass ihr Prusten ein Lachen war, ja, dass sie nur so getan hatte, als ertrinke sie. Ich selbst konnte nicht lachen, nicht über so eine herzlose Tat, denn ich hatte mehr als eine Minute in höchster Angst verbracht. In Todesangst um einen anderen Menschen. Ich kannte diese Angst. Mein Vater, damals, in Frankreich. Ich wusste sofort, was diese Angst bedeutete. Und ich erschrak. Ich erschrak zutiefst vor dieser Angst. Ich schwamm langsam zu Sibille, konnte nichts sagen, in mir lag nur das unbändige Glück darüber: dass sie da war und einfach nur lebte.

Sibille aber lachte nicht mehr, sondern schaute mit gefurchter Stirn an mir vorbei und zischte: »Verdammt!« Sofort kraulte sie los, Richtung Ufer, ich drehte mich im Wasser und sah es jetzt auch: das Feuerchen und die drei Jungs, die veitstanzend Scheite hineinwarfen, und nicht nur Scheite, sondern auch – meine Wäsche und Sibilles Wäsche und meine kurze Hose und Sibilles Rock und zuletzt unsere T-Shirts. Sibille erreichte das Ufer weit vor mir. Ich rief, sie solle warten, vorsichtig sein, aber nichts dergleichen. Sie preschte sofort zu den Jungs, die ähnlich alt waren wie wir selbst, aber alle einen Kopf größer als Sibille. Ohne die geringste Spur von Scham lief Sibille nackt auf die drei Jungen zu, und dann begann der Kampf. Als ich ans Ufer kam, war er schon vorbei. Zwei Jungs geflohen. Auf dem dritten kniete Sibille. Acht Jahre Taekwondo und in jeden Sommerferien ein dreiwöchiges Selbstverteidigungs-Camp. Wir zogen dem Jungen Hose und T-Shirt aus und ließen ihn laufen, in Badehose. Unsere Klamotten waren allesamt verbrannt. Wir löschten das Feuer, und ich streifte die Hose des Jungen über, Sibille sein T-Shirt. Es reichte ihr bis zu den Oberschenkeln. Sie zog es ein wenig nach unten, als sie aufs Fahrrad stieg. Das sah ganz zauberhaft aus. Ich fuhr mit nacktem Oberkörper zurück. Und wir kamen uns vor wie im Film. Vor der Pannenmühle nahm Sibille mich an die Hand. Wir gingen hoch in ihr Zimmer. In dasselbe Zimmer, in dem heute Tante Erna liegt. Ich wusste nicht, was jetzt auf mich zukam. Sibille wühlte in den Schubladen ihres Schreibtischs und fand endlich, was sie suchte: zwei rote Blätter, etwas stärker als Papier, aber noch keine Pappe. Sie nahm ihren Lieblingsstift, setzte sich hin, immer noch im T-Shirt des Jungen, winkte mich zu sich und sagte: »Vielleicht sind ja alle Männer so wie die drei Jungs da draußen.« Dann schwieg sie und schaute mich an, legte den Kopf ein wenig schräg und sagte endlich: »Du nicht, Benno. Du bist anders.«

Ich wartete tatenlos, wortlos auf das, was geschehen würde.

»Pass auf«, sagte sie. »I don't love you. Jedenfalls nicht so, wie man einen Mann lieben muss. Um, du weißt schon. Ich liebe dich anders. Denn eins ist ja klar: Du bist der feinste Mensch, den ich kenne.«

Ich schwieg.

Sie sagte: »Deshalb schlage ich dir heute etwas vor.«

»Und was?«, fragte ich, aber meine Stimme brach beinah entzwei bei diesen Worten.

Sibille aber sagte: »Wir machen einen Vertrag!«

20

Wir gehen zurück ins Schnellingers. Unterwegs zum Tisch raunt Sibille mir zu: »Jetzt heizen wir den Müttern mal ordentlich ein. Dein Stichwort heißt *online*!«

Wir setzen uns zu Irma und Klärchen.

Sibille fällt mit der Tür ins Haus: »Wollen wir nicht endlich mal über die Beerdigung sprechen?«

Klärchen und Mutter schauen sich an und werden ein wenig blass um die Nase.

»Jetzt erzählt doch mal: Wie genau ist Tante Erna denn gestorben?«, fragt Sibille.

Beide rutschen auf ihren Sitzen herum und sagen nichts.

»Auf jeden Fall«, fährt Sibille fort, »hab ich schon mal den Grabstein bestellt.«

»Du hast was!?«, ruft das Klärchen. »Wie denn das?«

»Im Zug.«

»Um Gottes willen«, sagt Irma.

»Das war nur ein Mausklick.«

»Was für eine Maus denn?«

»Online! Vom Zug aus, klick, das geht ruck, zuck. *online*!« Sibille stößt mich mit der Außenseite ihres Knies an. Jetzt kommt mein Part in dieser Komödie. Sibille hat mich genauestens instruiert. An der Bushaltestelle.

Ich reiße mich aus meiner Versponnenheit, ich spiele den maßlos Erschrockenen und rufe: »Nein!!! Und was ist mit der Grabstein*inschrift*?«

»Was soll denn damit sein?«, fragt Sibille unschuldig.

Sie nimmt unterm Tisch das Knie nicht mehr weg. Der Stoß wird zur Berührung. Mein Atem bleibt kurz stecken. Das passt zur Rolle, die ich spielen soll: ein entsetzter Kenner der Welt der Grabsteine und Steinmetze.

»Ich hoffe, du hast dich kurz gefasst?«, stottere ich.

»Wieso denn das?«, fragt sie.

»Bei der Grabsteininschrift muss man verdammt aufpassen! Da gibt es versteckte Kosten! Das hat Papa mir gestern erst erzählt. Der weiß das vom Magolei. Aus erster Hand!«

»Was denn für versteckte Kosten?«, fragt Sibille.

»Die … die … die Steinmetze«, keuche ich, »die verlangen zusätzlich zum Grabstein einen festen, einen fixen Preis pro Einzelbuchstaben. Sechsundzwanzig Euro.«

»Pro Buchstabe? Das hab ich nicht gewusst«, sagt Sibille. »Aber warum denn?«

»In der Hoffnung, dass die Trauernden einen möglichst langen Trauerspruch auf den Grabstein metzen lassen.«

»Ehrlich?«

Sibilles Knie wird immer wärmer. Ich gebe mir einen Ruck und lege ihr die linke Hand auf den Oberschenkel.

Das Klärchen ruft: »Und hast du dich wenigstens schön kurz gefasst, Sibille?«

»Na ja.«

»Vielleicht so was wie *Ruhe in Frieden*?«, ruft Mama. »Oder einfach nur: *Ruhe!*«

Ich sage: »Am besten wäre immer noch: *Ruh* für achtundsiebzig Euro.«

Sibille zieht jetzt in gespielter Zerknirschung einen Zettel aus der Tasche und liest ihn vor. Den Zettel hat sie im Auto gekritzelt.

Meine Hand lässt sie, wo sie ist.

»Es tut mir leid«, sagt Sibille. »Das wusste ich nicht. Auf dem Grabstein wird Folgendes stehen«, Sibille räuspert sich. »*Sie lebte ein überaus stilles Leben …*«

»Ach!«, ruft das Klärchen.

»*… in demütiger und vollkommener Hingabe an die Menschen, die sie liebte …*«

»Oje!«, ruft Irma.

»*... und wird*« – Sibille dreht den Zettel um –, »*als treusorgende, gottsuchende Seele und gute Katholikin auf immer in unserer liebenden und ehrenden Erinnerung bleiben.*«

»Ist das alles!!??«, rufen beide wie aus einem Mund.

»Nein.«

»Was denn noch?«

»Der Name.«

»Tante Erna?«

Sibille schüttelt den Kopf und liest: »*Unsere über alles geliebte und verehrte Tante Erna Waltraud Katharina Hansen, geborene Erzweiler. Sie erblickte das Licht der Welt am 15. Januar Anno Domini 1920. Und sie ging für immer von uns am 30. März Anno Domini 2019. Das Ewige Licht leuchte ihr und der Herr sei ihrer Seele gnädig.*«

Irma und Klärchen hängen jetzt erschlagen in den Sitzen.

»Ja, aber das passt doch alles gar nicht drauf auf so einen kleinen Grabstein!«, sagt Mama.

»Na ja«, sagt Sibille, »für Tante Erna habe ich ein riesiges Denkmal ausgesucht. Außerdem gibt es eine Vorderseite und eine Rückseite.«

»Wie viele Buchstaben sind das denn?«

»Mehr als fünfhundert«, sagt Sibille.

»Dann sind das rund dreizehntausend Euro Extrakosten!«, rufe ich. »Bloß für die Inschrift, Sibille!«

»Kann man …«, fragt das Klärchen, »kann man das noch stornieren?«

Sibille wirft sich in Positur und ruft in melodramatischem Tonfall: »Der Tod kennt kein Storno!«

21

Eigentlich hat Sibille die Situation genüsslich auskosten und die beiden eine Weile zappeln lassen wollen, aber plötzlich muss sie selber lachen. Über ihren letzten Satz. Kein Wunder. Nach dem ganzen Wein.

»Was ist denn los?«, fragt Mama.

In null Komma nichts setze ich die beiden davon in Kenntnis, dass Sibille über alles Bescheid weiß.

»Sie weiß es?«

»Sie weiß es.«

»Dass Tante Erna lebt?«

»Ja.«

»Du hast uns verraten«, sagt Mama gekränkt.

Ich nicke und hebe entschuldigend den rechten Arm. Meine linke Hand liegt immer noch bei Sibille, aber nicht mehr allein. Sibille hat ihre Finger von oben zwischen meine geschoben, übereinander liegen sie dort, unterm Tisch.

»Na gut«, sagt das Klärchen, »dann müssen wir das jetzt wenigstens nicht mehr selber beichten.«

»Und das mit dem Grabstein«, fragt Mutter, »das stimmt gar nicht?«

»Keine Angst«, sagt Sibille. »Ich hab noch keinen bestellt.«

»Und bist du uns jetzt böse?«, fragt Klärchen.

Sibille zuckt einen Augenblick, dann aber lächelt sie, und es ist schön, sie lächeln zu sehen. »Nein«, sagt sie. »Gar nicht.«

»Wirklich nicht?«

»War eigentlich eine gute Idee von dir, Mutter. Und: Hat ja auch geklappt. Endlich mal was Neues, oder?«

Klärchen strahlt.

»Heißt aber nicht«, sagt Sibille und hebt den Finger, »dass du so was noch mal machen kannst, okay?«

»Wenn du mich jetzt öfter mal besuchen kommst?«

Sibille schaut mich an, zieht die Brauen hoch, rollt mit den Augen. Und plötzlich muss ich kichern. Ich kichere nicht, weil alles hier so lustig ist, nein, ich kichere eher: vor Glück.

In diesem Augenblick erscheint der Kellner und fragt: »Kann ich Ihnen einen Digestif bringen?«

Mutter entgegnet: »Auf den Schock brauch ich was Stärkeres: einmal das friesische Nationalgetränk, bitte! Das trinke ich so gerne! Seit dreißig Jahren gehe ich mit Paul jeden Sommer nach Amrum. Wegen dem Reizklima. Das braucht der. Unbedingt. Für die Luft. Herrlich.«

»Und was ist das für ein Getränk, wenn ich fragen darf?«

»Eine heiße Schokolade mit Rum.«

»Sehr wohl, die Dame.«

»Ach! Und was glauben Sie wohl, warum die Insel Amrum heißt?«, fragt Mutter noch.

»Ich weiß es nicht«, sagt der Kellner und seufzt.

»Weil die da oben am Rum nicht sparen.«

»Verstehe.«

»Moment noch!«, sagt Irma. »Wissen Sie denn überhaupt, wie man das dort oben nennt? Das friesische Nationalgetränk?«

»Nein.«

»Das heißt: Tote Tante.«

»Sehr wohl«, sagt der Kellner und geht.

Meine Mutter spricht diese beiden Worte einfach aus. Ohne sich etwas dabei zu denken. Als die Worte ihren Lippen entfleucht sind und bereits im Raum zwitschern, schlägt sie ein wenig erschrocken die Hand vor den Mund und versteht, was sie da soeben bestellt hat.

Im selben Augenblick fängt das Klärchen an zu lachen. »Tote Tante!«, ruft sie, lacht erst leise, kichernd, dann immer lauter, immer heftiger, ansteckender, auch ich muss schmunzeln, Sibille grinst, Mutter muss ebenfalls lachen.

Erst als der Kellner wieder erscheint, beruhigen wir uns.

Er bringt die Tote Tante.

Neben der Toten Tante liegt ein Telefon auf dem Tablett.

»Ein Anruf«, sagt der Kellner. »Für Frau Irma Storch.«

»Das bin ich!«, ruft Mutter und wischt sich die Lachtränen aus dem Gesicht.

»Bitte schön!«

»Wer ruft mich denn an?«, sagt sie, wieder ernster. »Jetzt? Hier? Das weiß doch keiner, dass ich hier sitze, außer der Paul, der weiß das, aber was ruft der mich an, der Paul? Was soll denn das? Der weiß doch, dass ich am Essen bin gerade.«

Mutter nimmt das Telefon ans Ohr: »Irma Storch am Apparat: bei der Arbeit. Was kann ich für Sie tun?«

Sie lauscht.

»Was gibt es denn, Paul? Hast du wieder was angestellt? Kann man dich denn keine Sekunde allein lassen? Das ist ja schlimmer als bei kleinen Kindern. Sprich frei von der Leber weg und ziere dich nicht.«

Sie lauscht.

»Das weiß ich doch!«

Sie lauscht.

»Wie, wirklich?«

Und dann sagt Mutter eine längere Zeit nichts mehr, sie wird aber von Sekunde zu Sekunde bleicher, ehe sie haucht: »Ja, Paul, ja, ja.« Und sie legt das Telefon auf den Tisch.

Klärchen schaut Mutter an. »Was ist denn, Irma! Du siehst ja aus, als hättest du ein Gespenst gesehen! Ist was passiert? Ist was mit dem Paul?«

»Nein«, sagt Mutter. »Dem Paul geht es gut.«

»Ja, und?«, fragt das Klärchen.

Mutter greift Klärchens Hand und schaut sie an, dann sagt sie mit brechender Stimme: »Klärchen. Die Tante Erna ist tot.«

»Ja«, sagt das Klärchen, »das weiß ich doch! Deshalb sitzen wir ja hier, wir vier!«

»Nein«, sagt Mutter. »Sie ist *wirklich* tot!«

»Was?«, ruft das Klärchen und guckt ganz erschrocken.

»Was?«, ruft Sibille.

»Paul hat erzählt, dass Tante Erna beim Fernsehgucken friedlich entschlafen ist. Klärchen, Klärchen!«, sagt Mutter und nimmt ihre Freundin in den Arm, soweit das geht im Sitzen.

Wir trösten das Klärchen. Aber es hilft alles nichts.

Wir müssen sofort zurück nach Niederkrüchten. Sibille begleitet Klärchen zum Auto. Und ich winke nach der Rechnung.

»Nee«, murmelt Mama, als wir allein sind. »So ist das im Leben: Kleine Sünden bestraft der liebe Gott sofort. Da haben wir so getan, als wär die Tante Erna tot, und dann hat der da oben sich gedacht, na warte, denen zeig ich jetzt mal, wo die Sense hängt, und dann hat der die Tante Erna ruck zuck zu sich geholt in die ewigen Jagdgründe.«

Der Kellner legt die Rechnung auf den Tisch.

»Wir wollten aber nicht das ganze Restaurant kaufen«, sagt Mutter, und ich fühle: Sie klammert sich an ihren Humor wie an einen Rettungsanker.

»Entschuldigung?«, fragt der Kellner.

»Neenee«, sagt Mutter traurig und aufgekratzt zum Kellner. »Das war nicht schön von Ihnen. Ich hatte nur *eine* tote Tante bestellt, und Sie bringen uns gleich zwei. Eine in der Tasse. Und eine am Telefon.«

22

Die Rückfahrt ist ein echtes Trauerspiel. Der Schwindel ist aufgeflogen. Aber zugleich zur Wahrheit geworden. Ich fahre. Klärchen sitzt neben mir (sie passt einfach nicht auf die Rückbank) und schluchzt. Von hinten legt Sibille ihre Hand auf die Schulter vom Klärchen. Und das Klärchen greift zur Hand ihrer Tochter. So fahren sie, fingerverbunden. Irma sitzt bei Sibille auf der Rückbank. Die Rückbank. Im Rückspiegel.

*

Damals, in Frankreich, da war ich es, der hinten saß, auf der Rückbank, und der Mann, unser Retter, der fremde französische Mann saß vorn, Mutter fuhr wie der Teufel, Vater saß neben mir, Sibille hockte in der Spalte.

Nachdem der Hustenanfall erloschen war, deutete Vater wieder auf das gelbe Wörterbuch, und ich wusste nicht so recht, was ich mit dem Wörterbuch tun sollte, und mein Vater sagte: »Spritze!«

Ich schlug das Wörterbuch auf und suchte nach *Spritze*, und fand mehrere Einträge. Sie lauteten seringue oder seringue à injections oder piqure und noch einiges mehr stand da, und ich wusste jetzt, was mein Vater wollte, nur eine Spritze konnte ihn retten, eine Cortison-Spritze, und ich zitterte und hatte Angst, dass ich mir das Wort nicht würde merken können mit meinen elf Jahren damals, seringue à injections, und ich hatte nicht die geringste Ahnung, wie man das aussprach, und deshalb nahm ich das zweite Wort im Lexikon unter die Lupe: piqure. Ich wusste, dass die Franzosen das U nicht wie ein U aussprachen, sondern wie ein … entweder wie ein Ö oder wie ein Ü.

Im Stillen probierte ich jetzt, auf der Rückbank des Autos, mit meinem erstickenden Vater an der Seite, beide Möglichkeiten aus, die eine mit Ö, die andere mit Ü, und währenddessen sah ich zu Sibille, die sich ganz und gar verkrochen hatte in ihrer Spalte, wie ein Gecko, der Schutz sucht vor Feinden, und ich sah, dass sich Sibille die Ohren zuhielt, weil mein Vater wieder hustete, dieses rasselnde, sprotzende Husten. Ich aber wusste, dass es jetzt an mir lag, meinen Vater zu retten, und als wir endlich das Krankenhaus erreichten und der Mann hinaussprang und in die Notaufnahme eilte, da stieg ich aus und stellte mich hin, und meine Mutter half meinem Vater aus dem Wagen, und dann kamen die Sanitäter gelaufen, mit einer Rolltrage, und während sie meinen Vater auf die Trage legten und festmachten, nahm ich all meinen Mut zusammen und schrie: »Piköre! Piköre!« Und als mich daraufhin die Sanitäter kurz ansahen, verständnislos, rief ich hinterher: »Piküre! Piküre!« Da huschte ein Ausdruck des Verstehens über ihre Mienen, ich machte ein Zeichen, indem ich eine imaginäre Spritze aufzog und meinem Vater mit drei Fingern in den Oberarm drückte, und dann rief meine Mutter: »Cortison! Cortison!« Und die Sanitäter nickten und verschwanden mit meinem Vater.

Dann erst weinte ich. Mit einer Wucht, die mir völlig neu war. Als fiele ich zusammen wie ein zu früh aus dem Ofen geholter Schlupf. Meine Mutter nahm mich in den Arm, während Sibille sich weiß auf einen Plastikstuhl fallen ließ, der an der Wand klebte, die zur Tür führte, hinter der mein Vater verschwunden war, und erst nach einiger Zeit wurden wir zu ihm gelassen, er lag, wieder frei atmend, im Bett, und er lächelte, und wir waren erleichtert und glücklich, und ich hätte mich gern an ihn gekuschelt, traute mich aber nicht, denn Vater steckte damals noch im Körper des starken Mannes, der kein Wort zu viel sprach und auf jede Geste der Zärtlichkeit mit gehobenen Brauen schaute.

Damals, im Krankenhaus von Thonon-les-Bains, da struwwelte er mir durch den Kopf und sagte: »Piköre!« Und er lachte, und dann sagte er: »Das hast du prima hingekriegt!«

*

Jetzt sitzen wir im grünen Käfer, der noch nie eine Panne gehabt hat, und die Traurigkeit ist mit Händen zu greifen, immer wieder sehe ich hinüber zum Klärchen, die dort sitzt, ihre rechte Hand überkreuz auf der Schulter, denn auf der Schulter hockt – wie ein kleines Vögelchen – die Hand ihrer Tochter, und es ist der Trost, der uns zu Menschen macht.

23

Wir wussten nicht, was auf uns zukam. Als wir im Käfer saßen. Auf dem Rückweg. Wir alle hatten ja nicht die geringste Ahnung, was während unserer Abwesenheit geschehen war. Dort. Zu Hause. In Niederkrüchten. In der Pannenmühle. Erst später musste mein Vater uns alles haarklein erzählen. Alles, was sich ereignet hatte. Während wir vier (Sibille, Klärchen, Irma und ich) stundenlang fort waren, in Dülmenhorst, im Schnellingers, spielte sich zu Hause ein regelrechtes Drama ab. Mit Papa. Und Tante Erna. Dort. In Niederkrüchten. In der Pannenmühle. Also. Folgendes.

*

Nachdem mein Vater uns an der Tür der Pannenmühle kurz gewunken hatte – um Viertel vor sechs am Abend –, und wir uns auf dem Weg nach Dülmenhorst befanden, ging er zurück ins Haus, durchquerte den Durchgang zur Wohnung vom Klärchen und stieg hoch zur Tante Erna. Die schlief gerade ihren späten Nachmittagsschlaf, und Papa schlich wieder nach unten, bewaffnet mit dem Babyfon. Erst gegen sieben Uhr krähte Tante Erna: »Wie lange soll das denn noch dauern!?«

Und Papa stieg seufzend nach oben.

»Na, Tante Erna«, sagte Papa, »wie ist die Lage?«

»Scheiß Maria und Josef!«, schmetterte Tante Erna ihm entgegen.

»Wir zwei«, sagte Papa, »machen uns jetzt einen richtig gemütlichen Abend zusammen!«

»Wo sind denn das Klärchen und die Irma?«

»Die sind essen gefahren.«

»Die müssen es aber gut können! Und dein Sohnemann?«

»Der ist auch mit dabei.«

»Haben die im Lotto gewonnen?«

»Wollen wir einen Film gucken?«

»Mit dem Vampir?«

»Mit was denn sonst, Tante Erna!?«

Der Fernseher stand so, dass Tante Erna vom Bett aus alles sehen konnte. Papa schob einen Stuhl für sich neben das Bett. Tante Erna war im Grunde nur noch Haut und Knochen, aber zäh wie Leder. Ihr Gesicht ein zerklüfteter Falten-Canyon. Außerdem bleich und ausgemergelt. Sie trug stets eine Perücke, auch jetzt noch, da sie ans Bett gefesselt war. »Das sieht doch sonst nach nichts aus«, sagte sie immer.

»Ist das der mit dem Dracula?«, rief Tante Erna freudig erregt.

»Natürlich!«

»Au ja! Das ist so ein schöner Mann!«, sagte Tante Erna. »Der hat so herrlich rote Lippen und so schwarzes Haar, wunderbar, so streng nach hinten, und der ist so vornehm blass. Der hat auch noch keine dritten Zähne, obwohl der so alt ist!«

»Der Film ist aber bestimmt richtig gruselig.«

»Och. Ich kenn den doch, den Film.«

»Nein. Das ist nicht der alte Film.«

»Nicht?«

»Das ist ein neuer Film.«

»Dass die auch immer alles neu machen müssen!«

»Aber der ist bestimmt auch schön.«

»Der Dracula?«

»Der Film.«

»Wann fängt der denn an?«

»Ich hab den auf DVD«, sagte Papa. »Der Magolei hat den mir ausgeliehen.«

»Das glaub ich sofort.«

»Was?«

»Dass der Magolei Vampire toll findet. Wenn die

Toten aus den Särgen auferstehen, das käme dem Magolei doch richtig gelegen. Die Särge alle wieder leer und tipptopp in Schuss!«

»Stimmt! Der könnte eine Gebrauchtsärgehandlung aufmachen!«, rief Papa.

Erna lachte und pfiff durch ihre dritten Zähne.

»Tante Erna«, sagte Papa. »Ich geh nur mal eben runter in unsere Küche und hol uns was zum Knabbern und zu trinken!«

Und dann verließ mein Vater Tante Ernas Zimmer, doch als er schon auf der Treppe war, fiel ihm ein, er hätte sie noch fragen müssen, was sie denn überhaupt trinken wollte. Er drehte also noch mal um auf der Treppe und ging zurück zu Tante Erna, und als er in ihr Zimmer trat, da stand die Tante Erna am Bücherregal: mit einer Flasche in der Rechten und einem Glas in der Linken.

Und mein Vater sagte: »Tante Erna, was machst du denn da?«

»Mensch, Paul!«, rief Tante Erna. »Hast du mich erschreckt! Was schleichst du dich an wie so ein Vampir? Ich denk, du bist in der Küche?«

»Ja«, rief mein Vater, »und ich denk, du kannst das Bett nicht mehr verlassen? Seit drei Monaten! Sagt das Klärchen jedenfalls.«

»Och«, sagte Tante Erna, »ich hab nur so getan, als

ob, damit ich nicht mehr ständig in die Küche runter muss.«

Mein Vater schüttelte den Kopf. »Und was ist das für eine Flasche?«

»Das?« Tante Erna strahlte. »Das ist Wein!«

»Der Doktor Zehm hat dir doch Alkohol verboten!«

»Mein lieber Paul«, sagte Tante Erna, »ich bin jetzt sage und pfeife neunundneunzig! Ich lass mir doch von keinem Doktor der Welt mehr meinen Spaß verderben! Basta!«

»Woher hast du denn den Wein?«

»Och, den bringt mir immer der Pastor Kasper mit.«

Und Papa erfuhr: Seit drei Monaten kommt der Pastor Kasper zur Tante Erna mit der Krankenkommunion. Jeden Sonntag. Und wenn sie dort sitzen, die Tante Erna und der Pastor Kasper, und so richtig schön erzählen, dann hat der Pastor Kasper immer auch einen edlen Tropfen dabei, eine ganze Flasche, die zieht der aus der Tasche, und dann kippen die jeder ein Gläschen, heimlich. Tante Erna und Pastor Kasper verstehen sich sehr gut, und die angebrochene Flasche versteckt der Pastor hinter den Büchern in ihrem Regal. »Erna!«, sagt er dann immer. »Das muss dir reichen bis zur nächsten Krankenkommunion.«

»Tante Erna«, rief Papa, »das hätt ich nicht von dir gedacht. Aber ist der denn wenigstens gut, der Wein?«

»Der ist wunderbar!«, sagte Tante Erna. »Der Pastor kennt sich aus, der bringt nur die allerbesten Weine.«

Und Papa sagte: »Dann hol ich mir auch mal ein Glas!«

24

Während sie also den Gruselfilm guckten, tranken die beiden die Flasche Wein leer, und der neue Film, der war so schaurig, erzählte uns mein Vater später, da brauchten die zwei einfach mal eine Pause und auch Nachschub, und er holte also noch eine zweite Flasche aus dem Keller.

»Die ist aber nicht so gut wie die erste«, sagte Tante Erna, während Sibille, Irma, Klärchen und ich immer noch im Schnellingers saßen. »In der Bibel steht das alles immer ganz anders drin«, sagte Tante Erna. »Da kommt der beste Wein zum Schluss, wenn Jesus das Wasser in Wein verwandelt, bei der Hochzeit in Ghana. Das ist doch erstaunlich, dass der Jesus bis nach Afrika gekommen ist und dass der auch noch so ein richtiger Sommelier war, weil der wusste, welcher Wein besser schmeckt, das ist schon toll, was der alles konnte.«

Da saßen sie, die Tante Erna und mein Vater, sie schlürften den Wein, und auch der Vampir im Fernsehen schlürfte, aber der Vampir schlürfte lieber das Blut von so einem armen Mädchen, und irgendwann rief mein Vater: »Nein, Tante Erna, guck lieber weg!« Aber die Tante Erna konnte gar nicht mehr gucken, weder hin noch weg. Denn als mein Vater zu ihr hinübersah, da lag sie ganz komisch auf dem Bett, den Kopf ins Kissen geknickt wie eine Kasperlepuppe. Mein Vater dachte zuerst noch, die Tante Erna ist eingeschlafen, aber dann stand er auf und gab ihr zwei leichte Schläge auf die Wangen und fühlte ihren Puls. Er wollte es zuerst nicht glauben, aber irgendwann verstand er: nichts zu machen: Tante Erna war fledermausetot.

Mein Vater war sofort ganz aufgelöst. Kein Wunder. Wenn man sozusagen live miterlebt, wie jemand stirbt. Und er wusste gar nicht in seinem Gehirnchaos, was er zuerst tun sollte. Außerdem dachte mein Vater auch: *Er* war schuld am Tod von der Tante Erna. *Er* hatte ihr schließlich den Wein erlaubt! Und das, obwohl Doktor Zehm den Wein verboten hat. Und *er* hatte auch diesen neuen Vampirfilm mitgebracht. Obwohl der viel zu gruselig war für Tante Ernas schwaches Herz.

Als Erstes rief mein Vater jetzt den Magolei an und sagte: »August! Du musst kommen! Du musst eine Tote abholen!«

»Jesus, Maria und Josef! Wen denn?«

»Die Tante Erna!«

»Gott sei Dank!«, sagte der Magolei.

»Was?«

»Ich mein nur! Besser als ... Nichts, nichts. Aber Paul!«

»Ja?«

»Es ist schon halb neun!«

Mein Vater antwortete: »Der Tod kennt keine Uhrzeit.«

»Das«, sagte der Magolei, »hast du schön gesagt, Paul. Nur ist mein Sohn leider nicht da.«

»Nicht?«

»Der ist auf einer Hochzeit.«

»In Ghana?«

»In Wuppertal.«

»Kannst du nicht selber kommen?«, fragte mein Vater.

»Ich bin gleich da«, rief der Magolei und schien sich zu freuen, dass seine alten Knochen noch mal zum Einsatz kamen.

Als mein Vater auflegte, fiel ihm ein, dass Tante Erna noch gar keine Letzte Ölung bekommen hatte. Er kannte Tante Erna und wusste, das wäre schlimm für sie. Also rief mein Vater jetzt sofort den Pastor Kasper auf seinem Handy an und sagte: »Die Tante Erna braucht die Letzte Ölung, können Sie kommen, Herr Pastor?«

Pastor Kasper sagte: »Ach nein, die Tante Erna? Ehrlich?«

»Ja«, sagte mein Vater.

Da sagte der Pastor Kasper: »Ich komme sofort. Ich sitze schon im Auto, ich bin auf dem Weg in die Sauna. Aber in fünf Minuten kann ich da sein, ich hab meine Werkzeugtasche immer am Mann.«

Als mein Vater auflegte, dachte er: Vielleicht sollte er jetzt auch dem Klärchen und der Irma und der Sibille und mir Bescheid geben. Wir saßen ja gerade mitten im Sternerestaurant wegen Tante Ernas Beerdigung, und für meinen Vater schien das jetzt wie eine »selbstgefüllte Prophezeiung«. Er war froh, dass er Internet hatte, denn so fand er rasch die Nummer vom Schnellingers und verlangte seine Frau an den Apparat: »Die sitzen in einer Nische am Fenster.«

Und erst nachdem mein Vater seine Irma angerufen und ihr alles erzählt hatte, fiel ihm siedend heiß ein, dass vielleicht auch noch ein Arzt auf die Tante Erna gucken sollte. So rief er ganz am Schluss den Hausarzt an, den Doktor Zehm. Also, sagt meine Mutter immer, mit der Reihenfolge, da hat der Papa es nicht so. Der isst auch lieber erst den Nachtisch und dann die Suppe.

25

Jetzt wartete mein Vater auf die Kandidaten, die er angerufen hatte, und er räumte unterdessen in Windeseile Klärchens Küche und das Wohnzimmer auf, so gut es ging.

Als Erstes kam der Pastor Kasper, und mein Vater sagte sofort: »Die Tante Erna ist schon tot.«

»Das tut mir leid!«

»Kann man jemandem überhaupt noch die Letzte Ölung geben, wenn der schon tot ist?«

Und der Pastor Kasper sagte: »Besser spät als nie.« Er holte Stola und Öl aus seiner Werkzeugtasche und fügte hinzu: »Ich hab doch letzte Woche in der Sauna Ihre Frau getroffen, Herr Storch, und die hat mich auf eine Idee gebracht mit dem Ayurveda-Öl bei den Massagen. Das ist nämlich viel flüssiger als dieses andere Zeug, Chrisam, bah, und das stinkt auch nicht so, das hab ich jetzt immer im Sortiment für die Letzte Ölung, ich denk ja, Öl ist Öl, da kann man nicht viel falsch machen, also, Hauptsache, das Öl kriegt vorher meinen Segen, ob Chrisam oder Ayurveda-Öl, da macht der Herr im Himmel keinen Unterschied.«

Die zwei gingen hoch zu Tante Erna. Sie lag dort mucksmäuschentot und bleich auf ihrem Bett, und der Pastor gab ihr die letzte Ayurveda-Ölung.

Da klingelte es schon wieder, mein Vater lief runter, und als Zweites kam der August Magolei herein.

»Paul«, sagte der Magolei, »das tut mir aber leid.«

»Danke«, sagte mein Vater.

»Ich hab jetzt auf die Schnelle keine Hilfe mehr auftreiben können, packst du mit an?«

So musste mein Vater mit dem Magolei den Sarg aus dem Heck der großen, grünen Bestatterlimousine hieven und ins Haus tragen. Die Limousine hatte Magolei petrolgrün lackieren lassen, weil er immer schon der Meinung war: »Schwarz ist viel zu dunkel und sieht nach nichts aus. Jedoch Grün ist die Hoffnung. Auf ein Leben danach.« Der Sarg war kein echter Sarg aus Holz, sondern ein einfacher, silberfarbener, leichter Transportsarg mit Deckel.

»Da haben wir aber Glück gehabt!«, sagte der Magolei.

»Warum das denn?«

»Ja, dass die Erna gestorben ist und nicht das Klärchen. Das Klärchen hätten wir zwei gar nicht tragen können«, sagte der Magolei, »aber die Tante Erna, die wiegt ja nichts mehr.« Seine Devise lautet:

Bei den Leuten ist die Stimmung eh im Keller, wenn er auftaucht, da ist es immer angenehm, wenn er ein bisschen gute Laune verbreitet mit einem kleinen Witz.

Die beiden kamen aber mit dem silbernen Sarg gar nicht die enge Treppe hinauf.

»Nicht schlimm«, sagte Magolei, »ich trage die Erna einfach auf den Armen runter. Wo ist denn der Totenschein?«

»Welcher Totenschein?«

»Ja, war denn kein Arzt hier?«

»Der kommt erst noch«, sagte mein Vater.

Der Magolei schüttelte den Kopf und sagte: »Das ist aber nicht die richtige Reihenfolge, Paul.«

Jetzt klingelte es schon wieder an der Tür, mein Vater machte auf, und das war endlich der Doktor Zehm.

»Kommen Sie rein, Herr Doktor, die Tante Erna liegt oben.«

Doktor Ekkehard Zehm – Papa nennt ihn gern Doktor Ekk. Zehm – ging schnurstracks nach oben, und von oben stieg jetzt gleichzeitig der Pastor Kasper runter. Die beiden kamen kaum aneinander vorbei, der Arzt und der Pastor, und als der Arzt endlich doch oben war und der Pastor unten, da fragte mein Vater: »Wollen Sie einen Kaffee, Herr Pastor?«

»Gern«, sagte Pastor Kasper und wischte sich eine Träne aus dem Auge. August Magolei sagte auch nicht Nein.

Mein Vater stellte in der Küche den Kaffee auf und holte aus dem Schrank Plätzchen. Dann saßen die drei im Wohnzimmer vom Klärchen, der Magolei, Pastor Kasper und mein Vater. Und die Kaffeemaschine röhrte furchtbar laut, es war schon eine sehr alte Kaffeemaschine, die eben röhrte und röchelte, wenn da der Kaffee durchlief. Und die drei saßen dort und hörten dem Röcheln und Röhren der Kaffeemaschine zu, und mein Vater sagte: »Das Klärchen müsste die aber mal wieder ordentlich entkalken, die Kaffeemaschine!« Doch endlich merkte mein Vater: Das war überhaupt nicht die Kaffeemaschine, die da röchelte und gurgelte, das kam gar nicht aus der Küche, das Geräusch, das kam *von oben*. Mein Vater trat jetzt in den Flur und sah, wie Doktor Zehm die Tante Erna neben ihm am Arm die Treppe hinunterführte, ja, auf ihren eigenen Füßen wankte Tante Erna, und Doktor Zehm und Tante Erna gingen in die Küche, und mein Vater eilte hinterher. Doktor Zehm machte den Kühlschrank auf und ließ Tante Erna tief durchatmen.

»Ja, lebt die denn noch?«, rief mein Vater.

Doktor Zehm schien nicht so richtig gut gelaunt zu

sein und rief zurück: »Wir sind hier doch nicht beim Tanz der Vampire!«

»Doch!«, sagte mein Vater. »So was Ähnliches haben wir eben noch geguckt.«

26

Es stellte sich heraus, dass Erna keinen Herzstillstand gehabt hatte, sondern eine tiefe Ohnmacht von dem vielen Wein. Einen Puls konnte man bei Tante Erna sowieso kaum noch fühlen. Doktor Zehm warf jetzt mit medizinischen Vokabularien um sich, die mein Vater nicht verstand, auf jeden Fall schien die Tante Erna so etwas ähnliches wie scheintot gewesen zu sein, »genau wie der Vampir in dem Film«, sagte mein Vater später, und Doktor Zehm hatte sie ins Leben geweckt mit einer Adrenalinspritze. Tante Erna hatte sich übergeben müssen vom Adrenalin und vom Wein, daher die röchelnden und röhrenden Geräusche.

Dann standen sie in der Küche vor dem offenen Kühlschrank, und Doktor Zehm sagte: »Die Tante Erna braucht viel kühle Luft, um wieder richtig zu Sinnen zu kommen.« Er setzte Tante Erna vor den Kühlschrank auf einen Stuhl, dann ging er zurück ins Wohnzimmer, Papa folgte ihm schuldbewusst, und Doktor Zehm fragte in strengem Ton: »Woher hat die Tante Erna denn den ganzen Wein?«

Da guckte Pastor Kasper meinen Vater an, und mein Vater den Pastor Kasper, und dann standen die eine Weile schweigend da, froh und erleichtert, dass Tante Erna noch lebte, und da gab sich der Pastor Kasper einen Ruck und sagte: »Ich glaube, ich muss Ihnen etwas beichten, Herr Doktor.«

Und Doktor Zehm sagte: »Da sind Sie bei mir aber an der falschen Adresse.«

Der Doktor war nicht erfreut, als er alles hörte, was geschehen war. »Ich hab doch ausdrücklich den Wein verboten!«, rief er. »Also«, sagte der Doktor und stach mit seinem Zeigefinger Richtung Papa, »*Sie* kenne ich ja, das hätte ich mir denken können! Aber *Sie*, Herr Pastor! Ein wenig mehr Verantwortungsgefühl hätte ich Ihnen schon zugetraut. Von mir kriegen Sie keine Absolution.«

Dann waren alle kurz still und überlegten, und der Doktor fragte Pastor Kasper mit milderer Stimme: »Also, rein theoretisch: Ginge das überhaupt?«

»Was?«

»Dass Sie bei sich selber beichten?«

Pastor Kasper sagte: »Hm. Das weiß ich auch nicht so genau, da muss ich erst mal nachfragen. So ganz spontan: Praktisch fände ich das schon.«

»*Ich* könnte mich nicht selbst operieren!«, sagte der Doktor.

Und August Magolei rief: »Was soll *ich* erst sagen?«

Da mussten sie alle lachen, aber der Doktor wurde schnell wieder ernst und sagte: »Passen Sie jetzt bitte auf, und bringen Sie Tante Erna wieder ins Bett, nach einer halben Stunde. Sie braucht Ruhe jetzt.«

Als der Doktor wieder fort war und Tante Erna immer noch auf dem Stuhl vor dem Kühlschrank in der Küche saß und tief schnaufte, holte Papa endlich den Kaffee und schenkte allen auf den Schreck eine gute Tasse voll ein. Magolei kippte den Kaffee und sagte: »So, ich glaube, dann kann ich ja wieder gehen! Ich nehme meinen Schirm mit, Paul. Wo steht der denn?«

»Moment!«, rief mein Vater.

»Was denn noch?«, fragte der Magolei.

Mein Vater deutete auf den Transportsarg und sagte: »Jetzt kann ich endlich mal probeliegen! In aller Ruhe!«

August Magolei musste lachen und sagte: »Paul, Paul, das willst du nicht wirklich!«

»Doch, auf jeden Fall! Wo du schon mal hier bist.«

Magolei schaute zu meinem Vater und merkte, dass dieser es ernst meinte. »Also von mir aus«, sagte der Magolei. »Paul! Wenn du das unbedingt willst. Dann bin ich wenigstens nicht umsonst gekommen.«

»Das ist *die* Gelegenheit!«, sagte mein Vater. »Ich

will doch nur wissen, was auf mich zukommt eines Tages! Außerdem kann ich mich dann viel besser hineinversetzen in die Lage von so einem Dracula, wenn ich den mal wieder gucke.«

Während Pastor Kasper an seinem Kaffee schlürfte und ungläubig den Kopf schüttelte, lüftete August Magolei den Deckel vom Transportsarg, und mein Vater sagte: »Ich schlüpf da nur mal eben rein.«

Und dann legte er sich in den Sarg.

»Mach mal den Deckel ruhig zu, August!«, rief mein Vater.

»Wirklich?«

»Wirklich.«

Und der Magolei schloss den Deckel.

»Das ist aber dunkel hier drinnen«, rief mein Vater, und seine Stimme klang vampirhaft, gruftig, dumpf.

»Ja«, rief der Magolei, »was hast du denn gedacht!?«

»Ist denn ein echter Sarg breiter?«, fragte mein Vater von innen heraus.

»Nicht wesentlich«, sagte der Magolei.

»Dann ist mir das zu eng hier drinnen, August!«, rief mein Vater. »Da hat man ja gar keine Armfreiheit!«

»Ja, Paul«, rief der Magolei, »wenn du dereinst in so einem Ding liegst, brauchst du auch keine Armfreiheit mehr.«

Exakt in diesem Augenblick öffnete sich die Durchgangstür zur Doppelhaushälfte, und *wir* betraten Klärchens Wohnzimmer, alle vier: Die Sibille, das Klärchen, meine Mutter und ich.

27

Wir sehen: Auf dem Boden steht ein geschlossener silberner Transportsarg, und vor dem Sarg steht August Magolei, und neben dem Sofa steht Pastor Kasper, er trägt eine Stola und nippt an seiner Kaffeetasse, die er in der rechten Hand hält, und die Untertasse in der linken darunter. Als Pastor Kasper uns sieht, prustet er vor Schreck den heißen Kaffee aus dem Mund, gleichzeitig lässt er die Kaffeetasse fallen: Das gibt einen fetten schwarzen Fleck auf dem weißen Flokati-Teppich.

»Irma!«, ruft der Magolei. »Klärchen!«

Pastor Kasper ruft: »Wir müssen euch etwas sagen!«

Aber das Klärchen läuft schon zum silbernen Sarg und sackt ächzend und mühsam in die Knie und jammert: »Erna, Erna!« Und sie fängt auch direkt wieder an zu weinen. Der Magolei guckt, als hätte er sich an einem Bonbon verschluckt.

»Wo steckt denn der Paul?«, fragt Mama.

»Der Paul!?«, rufen Pastor Kasper und August Magolei wie aus einem Mund.

Und dann erklingt eine Stimme, also eine dumpfe Stimme wie aus weiter Ferne, wie aus dem Reich der Toten klingt die Stimme, und die Stimme sagt: »Hier! Ich bin hier!«

Und das ist Papas Stimme.

»Wo kommt denn jetzt dem seine Stimme her?«, fragt Mama.

Doch im selben Augenblick geht die Tür auf, die Tür vom Flur Richtung Küche, und da wankt Tante Erna herein, ein richtiges Bleichgesicht, fast wie ein Vampir, mit vollem Mund kommt sie herein, kauend, und sie sieht das Klärchen und meine Mutter, und dann schmatzt Tante Erna: »Ach, da seid ihr ja endlich!«

Das Klärchen dreht sich im Knien noch um, sie sieht Tante Erna und springt in einer Schnelligkeit auf ihre Füße, die ich ihr niemals zugetraut hätte, und sie sieht aus, als verstünde sie die Welt nicht mehr, aber auch mir geht es nicht besser, und Sibille hält sich an mir fest, zu viel Wein, zu viel Wein.

»Tante Erna!«, ruft das Klärchen. »Ja, lebst du denn noch!?«

»Sicher!«, ruft die Tante Erna und schluckt herunter, was sie gerade isst und hält sich an der Tür fest. »Das könnte dir so passen! Irgendwer muss hier doch nach dem Rechten sehen.«

»Tante Erna!«, ruft jetzt auch meine Mutter.

»Aber eins will ich dir sagen!«, ruft Tante Erna. »Das ist ein starkes Stück, Klärchen! Was du hier unten im Kühlschrank alles bunkerst! Kuchen und Pudding und Eis und alles Mögliche! Und mich hältst du da oben bei Wasser und Brot?«

»Aber das stimmt doch nicht!«, ruft das Klärchen und breitet die Arme aus.

»Ach, die Sibille«, sagt Tante Erna jetzt und schaut Sibille an. »Auch mal wieder im Lande?«

Aber Sibille steht da wie eine Salz-Eule, und sie weiß nicht, was sie sagen soll, und deshalb nickt sie nur.

Das Klärchen strahlt endlich. Es scheint zu ihr durchgedrungen zu sein, dass ihre Tante gar nicht tot ist. »Aber wieso kannst du wieder gehen?«, ruft das Klärchen.

Da hustet die Tante Erna und schaut hilflos in der Gegend umher, und dann fällt ihr Blick auf Pastor Kasper, und sie sagt: »Frag doch den Pastor.«

Das Klärchen guckt den Pastor Kasper an, und der hebt die Hände wie Jesus persönlich und sagt: »Klärchen, ich sage dir, die Wege des Herrn sind unergründlich, doch Wunder kann ich auch nicht tun. Aber dass Erna wieder gehen kann, das liegt bestimmt an meinem neuen Ayurveda-Öl.«

Und dann schiebt jemand von innen den Deckel des silbernen Transportsargs langsam in die Höhe und zur Seite, und das gibt ein kratzendes Geräusch, und das Klärchen fährt herum und sieht den Deckel, wie der sich öffnet, Stück für Stück, so richtig dramatisch, und sie schreit: »Was ist das denn!?«

Und das Klärchen greift sich ans Herz, und die Tante Erna greift sich ans Herz, und meine Mutter greift sich auch ans Herz, und das Klärchen schreit, und die Tante Erna schreit, und meine Mutter schreit ebenfalls. Und ich sehe an den Seiten des Sargs zwei alte Hände, die den Deckel von innen nach oben schieben, genau wie bei Dracula, sieben Buchstaben waagerecht, weil der tagsüber immer flach liegt, so ein Vampir, sagt Mutter immer, und dann sehe ich den Ehering am Ringfinger von diesem Zombie, und ich denke, den kenn ich doch, den Ehering, der gehört doch meinem alten Vater, und schon erklingt eine hohle Lazarus-Stimme aus dem Sarg: »Hilft mir denn niemand!?«

Jetzt bückt sich der Magolei zum Sarg und schiebt den Deckel weg, und da liegt tatsächlich mein Vater drin, und er richtet sich auf, und dann sitzt er in dem Sarg, legt die flache Hand an die Stirn, als ob er uns grüßen will wie ein Offizier, und er sagt: »So schnell kriegt ihr uns nicht unter die Erde, was, Tante Erna?«

Und dann stimmt er ein Lied an, ein Osterlied.

Er singt: Das Grab ist leer, der Held erwacht.

Er kommt aber nur bis zur zweiten Zeile, bis zu: Der Heiland ist erstanden. Aber Papa singt natürlich nicht Der *Heiland* ist erstanden, er singt Die *Tante* ist erstanden. Dann ist Schluss für den Papa, weil an dieser Stelle der Pastor Kasper plötzlich anfängt zu lachen, und das Lachen des Pastors kommt von tief unten, ein langsamer Vulkanausbruch, und dann fängt auch der Magolei an zu lachen, und der Papa fängt an zu lachen und auch die Tante Erna und meine Mutter und das Klärchen, sie können nicht mehr anders, denn das Lachen vom Pastor Kasper ist ansteckend, greift um sich wie eine Feuersbrunst. Nur Sibille und ich stehen da und lachen nicht, wir schauen uns an, und wir stehen dort und lauschen staunend dem Lachen der anderen. Und noch ehe sich alle wieder so richtig beruhigen können, ruft meine Mutter endlich ihre Frage in Richtung Magolei: »August!«, ruft sie. »August! Was ich schon immer fragen wollte! Meinst du, ihr könnt mich, wenn es mal so weit ist, in meinem Käfer begraben?«

»Och«, lacht der August, »ich bin offen für alles! Das ist die Natur von meinem Beruf.«

»Wunderbar«, ruft Papa und entsteigt dem silbernen Sarg, »dann wird unser Käfer endlich tiefergelegt!«

Wir reden noch den ganzen Abend bis spät in die Nacht. Weil es im Schnellingers nicht mehr geklappt hat und weil meine Mutter jetzt die ganze Zeit »so einen Jiep danach hat«, kocht sie für jeden von uns eine heiße Schokolade mit Rum. Die Tote Tante schmeckt süß und zäh. Ich lasse die Hälfte in der Tasse, gehe hoch in mein Kinderzimmer, greife zum grünen Ordner mit den Filmmusik-Komponisten und schlage die Klarsichtfolien auf bis zum W von John Williams. Zwei weiße Blätter, Rücken an Rücken, auf jeder Seite sind die Williams-Filme vermerkt. Zwischen den weißen Blättern liegt ein rotes, etwas stärkeres Papier. Ich hauche die Hülle auf und ziehe das Blatt behutsam heraus. Ich schaue es nicht an, sondern nehme es gleich mit nach unten, setze mich zurück zu Sibille und lege ihr den Vertrag in den Schoß.

»Du hast noch ein Jährchen Zeit, einen anderen zu finden«, sage ich und will schmunzeln, aber es gelingt mir nicht.

Sibille schweigt und schaut mich an: in einer seltsamen Ernsthaftigkeit.

Kurz vor Mitternacht trage ich mit dem Magolei den leeren Sarg nach draußen und wuchte ihn in die grüne Limousine.

»Nee, was war das schön«, sagt er, schlägt die Hecktüren zu, steigt ein, wendet und fährt davon.

Mein Vater erscheint an der Tür, mit dem Schirm vom Magolei in der Hand. »Jetzt hat der schon wieder den Schirm vergessen! Diesmal den blauen«, sagt er und winkt dem Magolei nach, aber der Wagen ist schon zu weit weg. Als er auf die Erkelenzer Straße biegt, lege ich meinen Arm um Papas Schultern.

»Junge!«, flüstert mein Vater, als wolle er mir ein Geheimnis mitteilen. »Montag hab ich einen Termin. Die Mama, die weiß das noch gar nicht. Computertomographie. Wegen dem Schlucken. Aber ich hab keine Angst. Nein. Solange ich über den Tod noch lachen kann, hab ich keine Angst.«

Wir schauen den Lichtern nach, bis sie längst erloschen sind.

MUTTER IRMAS LETZTE SÄTZE

»Ruhe! Du immer mit deiner Ruhe! Das sagst du doch ständig! Ruhe! Ich soll mal an *mich* denken, sagst du. Ich soll mir mal was gönnen. Ich soll mich mal entspannen. Letztens erst hast du mir am Telefon noch gesagt, ich soll mal in die Sauna gehen, weißt du das nicht mehr? Und da hab ich gedacht, Irma, komm, hab ich gedacht, jetzt hör doch einmal nur auf deinen Sohn! Und da war ich also in der Sauna! Zum ersten Mal in meinem Leben. Das war unmöglich, war das! Aber erzähl mir doch erst mal, wie das überhaupt geht mit der Ruhe und mit dem Entspannen. Das haben wir ja gar nicht gelernt früher, da mussten wir immer mit anpacken, da gab es so was nicht, freie Zeit. Meine eigene Mutter, die hat von morgens bis abends geschuftet, den lieben langen Tag, sieben Kinder, und da gab es noch keine Waschmaschine, und da gab es noch keine Spülmaschine, die ganze Nacht hat meine Mutter genäht für die vornehmen Leute, die sich das leisten konnten. Früher haben wir die Unterhosen eine Woche lang getragen, egal, wie die aussahen, am Sonntag haben wir frische angezogen, am Mittwoch haben wir die auf links gedreht, die Unterhosen, sonst hätte meine Mutter sich noch zu Tode gewaschen. Mit fünf Jahren mussten wir unsere Strümpfe selber stopfen, heute wirft man die einfach weg, wenn da ein Loch drin ist. Nein, da war nichts mit Entspannen. Aber heute ist das genauso. Wir haben immer was zu tun, Papa und ich, und wenn wir mal nichts zu tun haben, gucken wir Fernsehen! Aber furchtbar ist das, die Nachrichten jeden Abend, nichts als Mord und Totschlag, und danach kommt der Tatort, und dann fragen die sich, woher das kommt, all der Mord und Totschlag, nein, das guck ich mir nicht an, höchstens Biathlon, ja, genau, das guck ich immer, Biathlon. Das kennst du doch! Das ist das, wo die schießen müssen, also erst müssen die laufen, dann müssen die schießen, und dann müssen die wieder laufen, auf Skiern müssen die durch den nackten Schnee laufen, und wenn die laufen, dann geht das ja noch, aber wenn die schießen, nein, da komm ich nicht drüber weg! Die schießen ja, und manchmal treffen die, aber manchmal treffen die auch nicht! Und das Schlimme ist: Man weiß nie, ob die treffen oder nicht. Das regt mich auf, wenn die wieder nicht treffen, die Deutschen. Also wenn die Franzosen nicht treffen, dann ist das ja gut, aber wenn die Deutschen danebenschießen, einfach so, ohne jeden Grund, schlimm ist das! Das hat ja dein Opa schon immer gesagt! Obwohl es damals noch gar kein Biathlon gab. Wie bin ich jetzt da drauf gekommen? Ach so, ja! Die Sauna! Genau! Stimmt! Pass auf! Da war ich also in der Sauna, und dann so was! Da gehen die ja nackt rein in so eine Sauna, die Leute, das hab ich nicht so gern, da hab ich lieber meinen grauen Badeanzug an, wenn ich mal schwimmen geh, obwohl der Papa immer sagt: In deinem grauen Badeanzug siehst du aus wie ein Nilpferd mit Perücke. Jedenfalls, jetzt gehe ich also in so eine Saunahütte rein, ich hab auch ein Handtuch umgeschlagen, und das kannst du dir nicht vorstellen, wie heiß das da drinnen ist! Fünfzehn Euro Eintritt! Da komm ich nicht drüber weg. Fünfzehn Euro! Da könnte ich mir fünf neue Unterhosen kaufen bei C&A! Wenn wir fünfzehn Euro gehabt hätten nach dem Krieg, wären wir bestimmt nicht in die Sauna gegangen. Jetzt muss man da also sitzen, auf so effen Holzbänken, und da sitzen auch fast nur Männer, die hocken da wie die Gorillas auf der Stange, die sehen aber nicht aus wie Roy Black oder Rudolf Schock, also, ein Schock war das schon, als ich die gesehen hab, die sind schon alt, die meisten, über siebzig sind die, ich denk, nee, die sind mir viel zu alt, die Leute, jedenfalls, ich sag zu meinem Nachbarn: Das ist aber warm hier drinnen. Och, sagt der, gleich kommt erst der Aufguss. Ach, sag ich, gibt es hier Tee? Da lacht der sich kaputt, und ich sag: Wie lange muss man denn hier sitzen? Also zehn Minuten sollten es schon sein, sagt der. Ich sag, zehn Minuten?, sag ich. Das darf doch nicht wahr sein! In zehn Minuten bin ich *gar*! Da können die mich in Scheiben schneiden und zum Abendessen servieren. Und das glaubst du nicht, mein Junge, jetzt kommt in dem Augenblick, da kommt auch noch der Pastor Kasper in die Sauna, kannst du dir das vorstellen? Der Pastor Kasper, der ist jetzt auch schon über achtzig und fast genauso dick wie mein Klärchen. Letzte Woche erst haben wir den auf der Straße getroffen, den Pastor Kasper, und der Papa gibt dem die Hand und sagt: Ach, da kommt der Pastor, der passt durch kein Tor. Furchtbar ist das mit dem Papa! Das wird immer schlimmer im Alter. Nur Unsinn hat der im Kopf, den ganzen Tag. Genau wie das Klärchen. Aber deshalb liebe ich die beiden auch so, da kann ich nichts dafür. Der Pastor Kasper hält ja immer noch die Messen in der Kapelle im Altenheim, der kann ja wunderbar predigen, das dauert auch nur zwei Minuten, wenn der predigt, der sagt immer: Gottes Wort spricht für sich, da muss er gar nicht viel hinzufügen. Letztens erst hat der Pastor Kasper gepredigt über Abraham und seinen Sohn Isaak. Kennst du das? Also die Stelle, wo Gott sagt: Geh hin, Abraham, und töte deinen Erstgeborenen. Schrecklich ist das doch! Da sagt der Pastor Kasper: Also toll findet der das auch nicht, was der liebe Gott sich da mal wieder geleistet hat. Recht hat der, ich mein, jetzt stell dir vor, ich höre Gottes Stimme, die sagt, geh hin und töte deinen Sohn! Nein! Also damals, als du noch Kind warst, da hab ich manchmal auch gedacht, den klatsch ich jetzt gleich an die Wand, aber das tut man doch nicht wirklich, das denkt man sich nur. Nein, das Alte Testament, sag ich immer, das ist nichts für mich, ständig nur Gewalt und Mord und Totschlag, genau wie im Tatort. Nee, da haben wir lieber das Neue Testament, der Pastor Kasper und ich. Den Jesus. Und den Winnetou. Also der Winnetou, der steht jetzt nicht direkt drin im Neuen Testament, das weiß ich auch. Aber der Pastor Kasper, der mag den Winnetou fast genauso wie den Jesus. Bei Jesus und bei Winnetou, sagt der Pastor Kasper immer, da denkt man in einem Augenblick noch: Was haben *die beiden* denn miteinander zu tun? Der eine reitet durch den fernen Westen, der andere durch den nahen Osten. Der eine ist ein Indianer, der andere ein Gottessohn. Der eine reitet auf so einem ollen Maultier, der andere auf einem richtig schönen schwarzen Rappen. Der eine trägt Mokassins, der andere so alte Latschen von Birkenstock. Das geht doch gar nicht gegensätzlicher, denkt man. Aber nein, sagt der Pastor Kasper, das stimmt nicht! Die zwei haben unheimlich viel gemeinsam, der Winnetou und der Jesus! Weil beide so gute Menschen sind und weil beide so gut die Spuren lesen können! Also, der Winnetou mehr so die Spuren der Pferde von den Banditen auf den Böden ihrer Steppen. Und der Jesus mehr so die Spuren der Taten von den Menschen auf den Böden ihrer Seelen. Beide sind richtig große Häuptlinge, und beide haben viele Jünger: Die einen heißen Apostel und die anderen Apatschen. Aber wie komm ich denn jetzt auf die Apatschen? Der Kasper! Genau! Jetzt kommt der also in die Sauna rein, der Pastor Kasper, und der kommt da rein wie alle anderen, also wie Adam ohne jedes feige Blatt, aber zum Glück hängt dem sein Bauch runter bis auf die Oberschenkel, da kann man also nichts sehen, aber trotzdem. Ich sag: Herr Pastor, sag ich, was machen Sie denn hier in der Hölle? Und der Pastor sagt: Grüß Gott, Frau Storch, ich wusste gar nicht, dass Sie in die Sauna gehen. Ich sag: Ich auch nicht, aber gut, dass Sie da sind, Herr Pastor: Wenn ich gleich umkippe, dann können Sie mir direkt die

Letzte Ölung geben. Dahinten gibt es Massagen, sag ich, die haben bestimmt Öl satt. Und dann kommt auch noch ein Bademeister in die Saunahütte, der hat einen Eimer aus Holz dabei, und der sagt: Heute gieße ich auf mit Saunamed, Wachholdergeschmack. Met, das gibt es in Kreuzworträtseln, das kommt meistens senkrecht von oben kommt das, Met, das ist ein Honigwein, und jetzt kippt der den schönen Honigwein aus dem Eimer mit einer Kelle senkrecht von oben auf die waagerechten Steine in so einem Holzkasten, und das zischt und dampft, und dann nimmt der ein Handtuch, und dann haut der damit durch die Luft, und das wurde ja immer noch heißer da drinnen, ich denk, jetzt schlägt's dreizehn, ich steh also auf und geh raus aus der Hütte, und nein, was war das schön, als ich wieder draußen war. Aber da wurde mir schwindelig, ich konnte gar nicht richtig gehen, und das war auch rutschig auf dem nassen Boden, ich gehe ein paar Schritte, und dann fall ich den langen Weg hin. Das ist nicht lustig, da kann alles Mögliche passieren: ein Oberschenkelhalsbruch zum Beispiel. Ich weiß auch nicht, wieso das Oberschenkelhalsbruch heißt, der Oberschenkel liegt doch ganz woanders als der Hals. Oder so ein Schulterdingens kann man kriegen, wie die Heckenbart Marta, geborene Heintze, die kennst du, die wohnt dahinten, wo früher die Giesens ihren Laden gehabt haben, und jedenfalls, die ist also schwer gestürzt vor ein paar Wochen, die Marta, und die hat immer noch richtig Malässen mit der Schulter und mit der Hand. Und deren Mann, der Alfred, das ist so 'n richtig fieser Möpp ist das, der Heckenbart Alfred! Der hat ja einen Bart wie eine Hecke hat der. Du weißt ja: Das mit den Namen, das ist so eine Sache, mein Junge. Das heißt immer alles genau so, wie es ist! Die Leute und die Orte. Letztens erst waren wir in Oedt, und der Weg dahin, der ist ja auch schön und alles, das ist herrlich, so über die Felder zu fahren, aber in Oedt selber, nee, da ist es so richtig langweilig, dahinten in Oedt. Und der Papa sagt immer: Die Städte, die heißen genau so, wie es da zugeht! Das ist kein Zufall mit den Namen, die müssen doch auch von irgendwoherkommen, so Namen, und recht hat der! In Krefeld gibt es immer so viele Krehen auf den Feldern, wenn man da vorbeifährt! Und die Leute aus Willich, die tun ja alles, was du denen sagst. Besonders freundlich sind die Menschen aus Nettetal. Aber ein paar Kilometer weiter sieht das schon ganz anders aus: in Bösheim. Und Viersen, ja, Viersen, das wurde von vier Senioren gegründet, und das sieht man heute noch, wenn man da durch die Stadt läuft. Und stell dir das mal vor, bei manchen Städten gibt es auch so richtig schöne Geschichten, wie die Stadt zu ihrem Namen gekommen ist, eine hat der Papa mir mal erzählt, pass auf, ich weiß nicht, ob der das wieder irgendwo gelesen hat oder woher der so was alles weiß, jedenfalls geht das zurück bis ins Mittelalter. Da gab es einen Benediktinerbruder mit Kutte und Zensur und allem Drum und Dran, und der lief also durch den tiefen weißen Winterschnee, und es war eisig und bitterkalt. Da musste der ein Flüsschen überqueren, das war aber zugefroren, das Flüsschen, und als der da rüberwollte, da rutschte der Bruder dauernd aus und fiel immer wieder hin. Das war spiegelglatt auf dem Eis. Und da kamen jetzt also zufällig die Stadtgründer vorbei, die an genau dieser Stelle ihre neue Stadt gründen wollten und die suchten noch nach einem Namen für die neue Stadt, und da sahen die den Benediktiner, der die ganze Zeit auf dem Eis ausrutschte, und da mussten die lachen, das war ja lustig, war das. Nee, rief der eine Stadtgründer, guck mal da, der Mönch inne glatte Bach! Und dann haben die den Ort auch genau so genannt: Mönchengladbach. Aber wie bin ich jetzt da drauf gekommen? Ach so, genau, wegen dem Rutschen! Furchtbar war das. Jedenfalls, da war ich gerade draußen aus der Sauna und gehe über das seifige Wasser auf dem Boden von der Sauna, und dann rutsch ich aus und fall den langen Weg hin, aber zum

Glück bin ich zur Seite gefallen, direkt in so ein Becken mit Wasser. Das kannst du dir nicht vorstellen, wie kalt das Wasser war in dem Becken! So was hab ich noch nie erlebt! Mein Herz stand still. Ich hab gedacht: Also das ist es jetzt, und gleich stehe ich meinem Herrn und Schöpfer gegenüber. Und das ganze Leben läuft an meinem geistigen Auto vorbei, und ich denke an den eiskalten Gebirgsbach in Frankreich, beim Urlaub, als wir von Nernier nach Chamonix gefahren sind, mit dem Käfer, nur wir drei, mein Junge, Papa, du und ich, ja, das sehe ich alles vor mir. Die herrliche Landschaft und all die Berge. Den Staudamm, den du gebaut hast. Die Wanderung, hoch hinauf. Der Papa und ich, wie wir da sitzen. Die Alufolie, in die wir die Brote gewickelt haben, die glitzert so schön in der Sonne. Die gekochten Eier und die Limonade, die wir im Schneefeld gekühlt haben. Nein, was war das schön. Da kamst du angestiefelt, mit deinen sieben Jahren, und da sagst du: Mama, ich hab Heimweh. Und ich sage: Wie kann das denn sein? Wir sind doch beide hier, dein Papa und deine Mama! Wie kannst du da Heimweh haben? Und du sagst: Ich hab Heimweh nach Sibille. Wie bin ich jetzt darauf gekommen? Ach so, jedenfalls, jetzt liege ich da im eiskalten Wasser wie im Gebirgsbach in Chamonix so kalt, und denke, mein letztes Stündlein hat geschlagen und ich fahre jetzt gleich in den Himmel auf. Aber ich kann dir sagen, das mit dem Himmel, das ist auch so eine Sache. Ich frag mich, ob das nicht richtig langweilig ist, da oben, im Himmel, also wenn man da ewig drin leben muss. Was macht man denn da die ganze Zeit?, frag ich mich. Ich meine, wenn man nichts zu tun hat? Und ob man das nicht irgendwann satthat, frag ich mich, all das Nichtstun und die gebratenen Täubchen, die einem die ganze Zeit rechts und links um die Ohren fliegen, und dann noch der Fluss aus Milch und Nektar und so Zeug! Und da gibt es bestimmt auch Honigwein. Wenn das also ewig so geht, das Nichtstun? So eine Ewigkeit dauert ja schon eine ganze Weile, die geht irgendwie gar nicht mehr vorbei. Ich frage mich, ob ich denn im Garten Eden nicht wenigstens Unkraut jäten darf! Das ist ja ein Garten, so ein Garten Eden, und ich hab noch nie einen Garten gesehen, der kein Unkraut hat. Aber was, wenn es da oben noch nicht mal *Unkraut* gibt? Keine Disteln! Kein Huflattich! Weil: Der Huflattich ist so ein richtiges Teufelszeug! Der klebt noch dem Teufel am Huf, der Lattich!, sagt der Papa immer. Und wenn es da oben auch keine Brennnesseln gibt! Weil Brennnesseln, denk ich, gehören sowieso in die Hölle, deshalb heißen die ja Brennnesseln. Da brennt es, da unten in der Hölle, das kannst du dir nicht vorstellen, wie heiß es da ist, und ich stell mir die Hölle seit Neustem vor wie eine Sauna, ach so, genau, das wollt ich ja erzählen! Die Sauna! Da lieg ich also in dem eiskalten Becken in der Sauna, aber da hab ich plötzlich so eine richtig neue Kraft bekommen. Weil wenn man Todesangst hat, kriegt man noch mal so eine richtige schöne Kraft, und ich schiebe mich also langsam die Stufen hoch, und draußen kommt ein anderer Bademeister auf mich zu, und der sagt: Madame, sagt der, man darf aber nicht vom Beckenrand ins Wasser springen, und außerdem muss man vorher duschen. Ich sag: Mein lieber Friedemann, sag ich, ich glaub, dich habense auch zu heiß gebadet! Und dann hab ich mich aber direkt angezogen und bin nichts wie raus aus der Sauna. Und das war das erste und letzte Mal, dass ich in der Sauna war, das sag ich dir. Die haben mir nicht mal das Geld zurückgegeben am Eingang, ich denk, das darf doch nicht wahr sein, fünfzehn Euro dafür, dass du zwischen triefenden Gorillas hockst und man dir Handtücher um die Ohren knallt, fünfzehn Euro dafür, dass du Blut und Wasser schwitzt wie Jesus selbst im Garten Gethsemane! Ja, genau, das war doch damals, kurz bevor die Pharisäer den Jesus da gefangen haben, im Garten Gethsemane, und Pharisäer nennen die in Nordfriesland einen Kaffee mit Rum, ich mag aber lieber die heiße Schokolade mit Rum, die Tote Tante, jedenfalls wusste der Jesus ja genau, was auf ihn zukam, wenn der dahin gehen würde, und, mein Gott, wenn man weiß, dass man schnurstracks in den Tod geht, dann kommen einem auch so Gedanken, wo man sich sagt: Nee, das lass ich lieber bleiben. Weil leben will doch jeder, solange es geht. Und das war auch der Augenblick, als Jesus sagt: Lass diesen Kelch an mir vorübergehen. Aber der Kelch, der ging nicht vorüber. Stattdessen kam mit dem Kelch noch ein Knilch, und der hieß Judas. Und das war auch so ein fieser Kerl, der Judas, genau wie der Heckenbart Alfred. Der hat den Jesus verraten! Also nicht der Heckenbart Alfred, sondern der Judas damals! Der stammte aus Österreich, der Judas, weil der hat den Jesus verraten für dreißig Schilling, und dabei ist so ein Schilling gar nicht viel wert, und der Judas, der hieß Ischias mit Nachnamen, der war ganz besessen davon, den Jesus ans Kreuz zu bringen, und dann ist es dem Judas direkt danach als Strafe dafür auch so richtig ins Kreuz gefahren, deshalb heißt das heute noch Ischias, wenn du es am Kreuz hast, da liegst du sofort flach, da kann ich ein Lied von singen. Aber der Jesus, sag ich mal, der war einfach nicht unterzukriegen, der hatte auch immer was zu tun, keine ruhige Minute, genau wie der Papa und ich. Und selbst als der tot war, der Jesus, durfte der nicht in Ruhe einfach mal so liegen bleiben, nein, da musste der direkt wieder auferstehen und in den Himmel auffahren, und gut, sag ich immer, dass der in so einer großen Grabkammer lag und nicht in einem engen Sarg, denn aus so einem engen Sarg kommt man auch nicht so gut raus, wenn der mal richtig zugenagelt ist, außer, du heißt Dracula oder Lazarus, und der Pastor Kasper sagt, das steht alles genau so beim Apostel Paulus, im Zweiten Brief an die Komantschen, und was wollt ich denn die ganze Zeit erzählen? Ach so, ja, stimmt, das mit dem Himmel und mit der Auferstehung! Genau! Ich wollte dir sagen, Junge, dass ich jeden Sonntag für dich eine Kerze anzünde, in der Kapelle, damit du, wenn es bei dir mal so weit ist, auch zu uns kommst, nach oben, denn das mag ich mir nicht vorstellen, ein Himmel ohne dich, nein, das wäre nichts, die ganze liebe lange Ewigkeit ohne meinen Jungen, stell dir das mal vor, nein, dann würd ich lieber drauf verzichten.